Biografía

Aoife Awen nació en Terrassa, Barcelona. Apasionada de la lectura y en especial del cine desde la niñez, estudió guion cinematográfico en la Academia Quincedeoctubre de Barcelona y como muchos estudiantes, compaginaba sus estudios con un trabajo de tardes y fines de semana para poder pagarlos.

Escribió varios artículos de diferentes temáticas colaborando en la web Suite101 con su nombre real, y varios cuentos infantiles, cortometrajes y largometrajes, la mayoría inéditos por el momento.

Sueños, publicado en 2016, es el primer libro de la bilogía *El corazón & la espada*, una historia romántica para adultos con un toque de espada y brujería, fantasía y ciencia-ficción y cuya miniguía puede adquirirse sin coste en formato digital desde la plataforma Lektu, iBooks Apple y Google Play Books entre otras.

Creció con clásicos cinematográficos de los 80 como *Legend*, *La princesa prometida*, *Flash Gordon*, *Superman*, *Jóvenes Ocultos*, *Dentro del laberinto*, *Lady Halcón*... y *El corazón & la espada* es un pequeño homenaje +18 a todo ello.

En 2018 publicó de forma gratuita el cuento infantil *La gran montaña* que también puede encontrarse en digital, en diferentes plataformas.

Actualmente se encuentra trabajando en *Pesadillas*, el segundo libro de la bilogía.

CUANDO EL MUNDO SE ACABE
Aoife Awen

Título: Cuando el mundo se acabe
1ª edición © 2021, Aoife Awen
© De los textos: Aoife Awen
© Imagen de portada: Toa Heftiba
© Diseño de portada: Aoife Awen
Revisión de estilo: Aoife Awen

1ª edición
©Todos los derechos reservados

A todxs aquellxs que
creen en lo ¿imposible?

Nota de la autora

Imagino, puede que erróneamente, que has decidido comprar este libro en papel porque ya lo has leído gratis en formato electrónico y te ha gustado, pero por si acaso creo que deberías leer esta nota, que es la misma que publiqué en digital.

He escrito esta historia con el único fin de divertirme.
Y lo he hecho. Mucho.
Me apetecía algo ligero pero a la vez intenso y que no me llevara mucho tiempo escribir ya que no dispongo de demasiado para hacerlo. Si no lo creéis, id a la página de *Sueños*, mi primera novela y el primer libro de la bilogía *El corazón & la espada*, mirad en qué año se publicó y en qué año estamos. El segundo libro está en marcha y va a buen ritmo pero aún le queda. Llevo dedicándole mucho tiempo y necesitaba airearme con una historia completamente distinta, auto conclusiva, sobre una temática que me encanta pero completamente nueva para mí a la hora de escribir.

El tema de las descripciones y documentación también lo he trabajado lo justo y por la extensión de la historia considero que es una novela corta o relato largo, como prefiráis.

También me he tomado algunas licencias artísticas, como ya pasa en novelas, películas y videojuegos de esta temática — ¿de dónde saca Ellie las pilas funcionales para su walkman en *The last of us* después de un montón de años desde que pasó todo? ¿Y la gasolina? ¿Las latas de comida no caducan jamás? ¿La electricidad en algunos sitios? — Hay ciertos aspectos que deben mantenerse para poder crear un mundo y una historia porque si nos ciñéramos a como quedaría en realidad el planeta y sus recursos tras un apocalipsis, sería imposible crear una historia fluida.

Es por todo esto que he decidido que lo mejor que podía hacer era ponerlo gratis en digital. Creo que es un libro perfecto para leer en dos tardes como mucho.

Os recuerdo que esta historia contiene sexo y violencia por lo que no está recomendada para menores de 18 años. Yo no soy la más indicada para prohibir nada porque vi *Robocop* con 11 años y leía a

Johanna Lindsey —que en paz descanse y gracias por todo— con 16 pero me veo en la obligación de decirlo.

Como siempre suelo hacer —los que hayáis leído *Sueños* ya lo sabéis— tenéis una lista de canciones en Spotify® relacionadas con esta historia que podéis seguir buscando mi nombre o el título del libro. También una lista en Youtube® con algunas canciones traducidas.

Si queréis saber más cositas de mí y mi forma de escribir, visitad *aoifeawen.com.*

Por favor, valorad la novela en la plataforma en la que la hayáis adquirido o directamente a mí de forma privada, pues eso nos motiva a los escritores a seguir escribiendo y mejorando. Ni que decir tiene que, por favor, no descarguéis en plataformas de pirateo digital. Esta novela es gratis en ese formato; podéis hacerlo perfectamente por la vía legal que además me ayuda mucho.

Gracias por descargar y/o comprar. Espero que disfrutéis.

"Si tengo un corazón
es para que arda."
Silvina Ocampo

PRÓLOGO

Llegaron de la nada y lo devastaron todo. Arrasaron con el planeta en busca de la energía viva para usarla como combustible para sus armas, para sus naves. La que mantiene vivo el planeta y la nuestra, la interior, la que se eleva y vibra cuando nos apasionamos, cuando nos enamoramos, cuando luchamos por nuestros sueños, durante los momentos de felicidad.

Nos extrajeron la esperanza, la fe, todo lo que pudiese hacernos fuertes absorbiendo nuestra fuerza vital y espiritual.

Primero atacaron desde el cielo. Mientras unas naves succionaban la energía de mares y montañas, en las ciudades la gente se elevaba por cientos, por miles, desafiando la gravedad. Después, sus cadáveres eran escupidos como si solo fuesen cáscaras de lo que fueron, causando a su vez más víctimas entre los que aún se mantenían en el exterior, y bombardearon los edificios para hacernos salir de ellos.

Después decidieron quedarse entre nosotros durante un largo año. Ocupando el planeta para recoger los restos, atacando desde la tierra, matándonos psicológicamente, provocando muertes por tristeza, suicidios, como si fuese un virus.

Muchos optaron por ocultar sus emociones para sobrevivir, para pasar desapercibidos, pero terminaron por convertirse en sus esclavos, sin sentimientos ni emociones, con las consecuencias más terribles.

Cuatro años después de que se marchasen, y aunque estamos seguros de que regresarán, intentamos recuperarnos. La naturaleza vuelve a resurgir, como nosotros. Aunque los supervivientes nos esforzamos para que todo empiece a funcionar de nuevo es complicado comunicarnos porque apenas hay redes ni electricidad. Internet ya no existe y no hay líneas aéreas.

Como muchos otros con el tiempo me uní a un asentamiento. A mis 39 años comparto mi vida con mi nueva familia: Álex, que tiene ya 16 años y al que cuido desde el día en que lo encontré, y junto a Héctor, mi pareja desde hace casi un año.

Pero mi vida se complicó hace unos días con la llegada de un hombre herido y a punto de morir. Un hombre al que había conocido hacía 6 años y con quién coincidía en el metro de camino al trabajo.

Así le conocí. Como conocí a Álex.

Solo tenía 11 años cuando lo vi por primera vez una tarde, acompañando a su padre y me pareció muy educado y listo. El día del primer ataque lo encontré en las escaleras a la salida de la estación, entre los cuerpos inertes, llorando aterrorizado. No dudó en venir conmigo porque me reconoció. Desde entonces permanecemos juntos.

Durante los primeros meses buscamos supervivientes de la Succión en mi familia y la suya. No encontramos a nadie. Su padre había viajado a Edimburgo por una entrevista de trabajo y el niño guardaba la esperanza de que estuviese vivo y regresara.

Y yo también.

Nos planteamos varias veces ir para intentar encontrarlo pero era demasiado peligroso para un niño de 11 años embarcarse en un viaje como ese. Finalmente decidimos movernos, como muchos otros pues la ciudad se había convertido en una trampa mortal.

Ahora Liam había vuelto a mi vida, cuando ya hacía tiempo que me había obligado a creer que estaba muerto. El Universo volvía a hacernos coincidir, como si todos aquellos encuentros casuales del pasado hubiesen sido solo una pausa.

Pero había descubierto que él no era como yo creía y ahora debíamos iniciar un peligroso viaje juntos para salvar lo único que nos unía.

1 LA PARTIDA

Salí de casa con el casco en la mano, mi cuchillo en el cinto y la mochila con víveres y todo lo necesario a la espalda, además de la escopeta de caza que la jefa de seguridad echaría en falta algún tiempo más.

Él me esperaba fuera, llenando la motocicleta con la poca gasolina que nos quedaba. Ésta escaseaba y todavía más la funcional. Habíamos guardado dos motos para un caso urgente, como hacía todo el mundo y Álex se había llevado una, además de un par de bidones de repuesto.

Aquel amanecer de agosto era especialmente caluroso en el desierto, donde habíamos construido nuestro hogar en comunidad para sentirnos más seguros.

La luz del sol se reflejaba en su cabello oscuro dando engañosa sensación de unos reflejos castaños que realmente no tenía. Suspiré por dentro cuando me dedicó aquella mirada altiva y a la vez triste. Llevaba más de cinco años sin verlo y aún hoy conseguía que todo mi cuerpo temblara y el corazón me fuese a mil.

Pese a ser un auténtico cabronazo. Incluso en aquella situación.

Pero estaba segura de que era esa energía, esa forma de vibrar la que había hecho que volviésemos a encontrarnos como había pasado siempre. Aunque esa intensidad me ponía en peligro ahora, haciéndome aún más apetecible para los que se habían quedado entre nosotros.

—¿Estás lista?

No lo estaba en absoluto pero él no lo sabría nunca. Llevaba tres años sin salir del asentamiento, cada vez más temerosa del exterior por todo lo que había sucedido. A veces me sorprendía como pude haber sobrevivido y mantenido a Álex con vida.

En mi cabeza volví a ver a aquellos hombres ensangrentados en el camino. Desde aquel día no volvimos a viajar solos.

Asentí fingiendo seguridad mientras me acercaba a él, tocándome la gasa de la sien sujeta con esparadrapo blanco. Me dolía la cabeza y la herida me escocía.

—Volved de una pieza y con el chico. —Cerré los ojos al escuchar a Héctor a nuestra espalda.

—¿Llevas el mapa con la ruta más segura? Estoy en tus manos. No conozco esta zona del país —me preguntó Liam fingiendo no escucharlo mientras cerraba el compartimiento trasero de la moto.

—Devuélvemela tal y como te la llevas o te encontraré y te destrozaré —amenazó mi novio recogiendo su cabello rubio en un moño alto.

—¿Hablas de la moto? —preguntó Liam desafiante.

Lo miré con cierta sorpresa porque yo también había dudado durante un segundo sobre a qué se refería.

—Te aseguro que si no fuese por esto, no seguirías aquí— respondió Héctor señalando su pierna izquierda vendada.

—¿Queréis dejar de discutir? Y tú cuídate, por favor —le pedí.

—Sabes que lo haré —respondió antes de besarme y darme un cálido abrazo—. ¿Estás segura de esto? No sé cómo puede parecerme buena idea que salgas ahí con lo mal que están las cosas. Sabes que te será difícil sobrevivir.

—Tarde o temprano tenía que afrontarlo.

—Sí, pero a tu ritmo. No a la fuerza. Quizá que debería ir yo. No estoy tan mal —intentó convencerme sin éxito.

—Necesitas reposo —le repetí por enésima vez—. No te preocupes, ¿vale? Estaré bien —lo tranquilicé un poco, algo molesta por su sobreprotección—. Cuando lleguemos me pondré en contacto. Su no tardará en interrogar a todos para ver si hemos visto algo. Encárgate tú de contárselo todo y cuando volvamos seguiremos con el traslado.

—¿Pensarás lo de buscar una granja solo para nosotros? Creo que ha llegado el momento de independizarnos del grupo.

—Lo pensaré —respondí antes de besarlo, aliviada porque no se refería a la pregunta que me había hecho el día anterior.

Subí a la Royal Endfield tras Liam y me coloqué el casco. El camino hasta la ubicación de Sabrina sería largo. Antes, en tren o avión hubiésemos llegado enseguida pero el mundo ya no era lo que había sido y la humanidad, los que quedábamos, tampoco.

Nos desplazaríamos hasta Ave Fénix y allí seguiríamos a pie hasta la gran ciudad.

Viajamos sin problema hasta mitad del camino, hasta el anochecer. Me lavé un poco antes de cenar mientras él abría unas latas de atún que cenaríamos con una de las últimas barras de pan que había horneado el día anterior.

Confiaba en Álex, sabía que estaría bien. Era valiente y resolutivo. Muy inteligente y maduro para su edad. Había dado buena cuenta de crecer en este mundo como todos los chicos supervivientes y los que nacerían a partir de ahora.

—Gracias por cuidar de él, Iris —dijo mientras encendía la pequeña hoguera—. No te lo he dicho lo suficiente.

—Lo he criado como si fuese de mi familia. Buscamos a la tuya durante mucho tiempo.

—Lo sé. Ya no queda nadie. ¿Y de la tuya?

—Tampoco.

—¿Sabes? Él no quería irse sin encontrarte. Siempre supo que estabas vivo y que lo encontrarías. —‹‹Y de alguna forma yo también››.

—Todavía no me lo creo.

—Lo sé. Me sucede lo mismo.

Conversaba con Liam por compromiso, para huir del incómodo silencio, algo muy diferente al día anterior; antes de descubrir que no era más que un traidor. Un puñetazo en toda la cara para mí pero para Álex, descubrir en quién se había convertido su padre, había sido mucho peor.

Por eso nos encontrábamos en esa situación.

—¿Entonces estás del todo segura de que ha ido a ver a Sabrina Marcos?

—Sí, lo conozco bien. Álex sabe cuidarse solo. Solo quiere hacer lo correcto.

—¿Te ha hablado de mí todos estos años?

—Sí, de ti y de su madre, claro —‹‹otra razón más por la que nunca pude olvidarte del todo, Liam››—, pero el pobre nunca pensó que pudieses ser un vendido.

—No vivimos en un mundo fácil, deberías saberlo. No soy el único que ha tenido que buscarse la vida.

—Es que… no entiendo que motivo puedes tener para hacer algo así. Es todo. ¿No ves que es como si traicionaras al planeta entero?

Fijó su mirada en mí con el mismo interés que había notado el día anterior. Intentó tocarme el vendaje pero aparté su mano.

—Lo siento. De verdad —dijo.

2 DOS DÍAS ANTES

—¡Alto! —le había gritado al tiempo que recargaba la escopeta de caza y apuntaba a matar intentando no temblar, aparentando seguridad. Liam subió las manos a modo de rendición, apareciendo de detrás de una roca. Estaba sucio, con la piel quemada por el sol y los labios agrietados y secos. Dio un paso hacia mí, levantando del suelo sus ojos color castaños para mirarme unos segundos antes de caer desplomado al suelo.

Y yo me quedé ahí, ligeramente mareada porque había reconocido aquella mirada después de tantos años.

Y había vuelto a quedarme sin respiración.

Saqué la cantimplora y le di de beber antes de pedir ayuda por el walkie-talkie.

Aún dormía en la clínica del asentamiento mientras me preguntaba si me reconocería. Si se reconocerían. ¿Qué sucedería cuando le contase que su hijo estaba aquí? ¿Acaso lo sabía y por eso había venido? ¿O era de nuevo el destino, como había hecho varias veces 6 años antes en aquella vida tan distinta, tan lejana ahora?

Siempre he creído que todo sucede por algo, que existe algo mucho más grande que nosotros que nos guía si sabemos percibirlo. Que todos tenemos un propósito aunque nunca lleguemos a saber cuál ha sido. Ahora lo creía más que nunca. Hubiese hecho exactamente lo mismo de haber sido el hijo que cualquier otro pero… ¿mi propósito había sido desde siempre cuidar del suyo hasta este momento?

—¿Sabes algo del paciente? —preguntó Héctor después de la cena, cuando salió también al porche trasero de nuestra cabaña con un apetecible vaso de agua fresca que acepté.

Iba en silla de ruedas desde ayer, con la pierna izquierda vendada a causa de un grave esguince. Aquella noche el aire era especialmente caluroso pero su abrazo desde atrás cuando me senté sobre él fue agradable.

—Cuando he salido de allí seguía dormido. Imagino que debe estar agotado además de con insolación. —Presioné ligeramente el vaso con ambas manos apurando la sensación de efímero frescor.

—Ya venía mal pero tu recibimiento tampoco ha ayudado —bromeó.

—Estaba sola en el río, Héctor. Me asustó.

—Lo sé, cariño. ¿Dónde está Álex?

—Con Chino, creo, pero estará al llegar.

Sabía que Liam no debía irse sin saber que Álex era su hijo, que lo contrario no sería justo pero ¿y si se lo llevaba? Lo quería como si fuera mío, porque ahora sentía que lo era.

Héctor. Él también debía saberlo. Poco después de conocernos, mucho antes de que hubiese algo entre nosotros, me preguntó por el padre de Álex y le hablé de él, de la fuerte atracción que sentía. Qué por mucho que pareciese una locura y pese a creer que estaba muerto, algo me decía que volvería a verlo.

Lo encontramos en una farmacia cuando el grupo entró a buscar recursos. Siempre había sido un hombre triste, algo dependiente pero habíamos pasado muchas cosas juntos y poco a poco empezó a cambiar hasta ser el hombre que había logrado conquistarme. Cuando me di cuenta de que quería estar con él me arrepentí de haberle contado aquello, aunque las posibilidades de volver a encontrarme con Liam fuesen nulas. Sobre todo porque a veces decía cosas como que sin mí se moriría, que sin mí no soportaría vivir y temía que fuese cierto.

Pero no podía ocultarle algo así. Tenía que saberlo.

—No lleva documentación. No parece peligroso pero mañana Susana irá para hacerle algunas preguntas —anunció—. No va a dejar que se quede en el asentamiento sin antes comprobar que no es un asesino en serie —dijo medio en broma medio en serio.

—Él es….

«Es el padre de Álex», sonó en mi cabeza al tiempo que Héctor tomaba el vaso de agua de mis manos y bebía un pequeño trago.

Pero lo que salió de mi boca fue el silencio primero y un…

—Es tarde.

—Sí, vamos a la cama. Si el recién llegado se queda más tiempo deberíamos asegurarnos qué puede aportar a la comunidad y reunirlos a todos en el teatro para presentarlo y que lo aprueben.

El sonido de la cadena de una bicicleta me hizo dejar de míralo para desviar los ojos hacia la tranquila calle que simulaba un pueblo del oeste americano. Álex regresaba por fin.

Aunque ahora la Tierra era más segura que antes, muchos de ellos permanecían, de ahí el nombre de Permanentes, y respiré aliviada pese a saber que se había mantenido dentro del recinto.

—Hola —saludó bajándose de la bici a la vez que yo me levantaba de la silla.

—Buenas noches —se despidió Héctor saludándolo con la mano mientras entraba en casa—. En diez minutos apago el generador. ¿Me ayudarás a subir a la habitación?

—Claro, ahora voy —dije.

—¿Habéis discutido? —preguntó Álex.

—No, es que está un poco nervioso. Anda, dame un abrazo.

Aceptó a regañadientes y noté olor a alcohol en su aliento, aunque no estaba borracho.

—No me estrujes tanto, Iris. —Lo hacía a propósito, esperando esa reacción pero también porque lo necesitaba.

—¿Has estado bebiendo? ¿Te recuerdo que eres menor de edad?

—Eso ya no existe.

—Para mí sí.

—Chino destila su propio alcohol y mañana va a enseñarme cómo hacerlo.

—¿Ah, sí? Pues no me vendría mal una copa ahora mismo.

—¿Crees que Héctor querrá venir?

—Seguro que sí, pero no sé si va a poder. A ratos la pierna le duele bastante.

—Cuando le interesa, más bien —murmuró.

—No digas eso.

Le revolví el cabello castaño claro y rizado y al rodearlo con el brazo fui consciente de lo alto que estaba a sus dieciséis años.

—¿Por qué está nervioso? —preguntó ya entrando en casa.

—He encontrado un hombre herido en el río esta tarde —informé a media voz.

—¿Un hombre?

Vi esa chispa de esperanza en sus ojos, tan parecidos a los de su padre. Y tuve que morderme la lengua para no decirle que por fin estaba en lo cierto.

—¿Y? —Esperó mi respuesta con atención.

Tampoco pude mentirle abiertamente. Decidí que era mejor darme tiempo a mí misma para pensar en cómo decírselo, a Liam para descansar y a Álex para… seguir estando conmigo.

—Mañana le conocerás, ¿de acuerdo?

—Pero mañana he quedado con Chino —señaló con fastidio.

—¿Tienes curiosidad, eh? Mañana le conocerás —me comprometí—. Ahora está descansando en la clínica. Y tú deberías hacer lo mismo, amiguito. ¿Has cenado? —pregunté entrando en casa.

Al día siguiente, antes del desayuno, fui a visitar al paciente pero continuaba dormido.

Hice algunos recados y regresé a la clínica a medio día.

Despertó mientras dejaba su camiseta blanca y el pantalón corto beige ya limpios en la habitación. El anciano doctor Vicioso —sí, ese era su apellido— me informó que había pasado la noche mejor de lo esperado y había pedido agua varias veces. Solo estaba exhausto, deshidratado y con insolación.

—He de salir a ver a Santiago. Ayer pasó demasiado tiempo bajo el sol. Trabaja demasiado, ¿es que no aprende?

—Parece ser que no. Ya sabe cómo es. —Sonreí—. Tranquilo, yo me quedo con él.

—Susana está en camino. No tardará en llegar.

No lo vi salir de la estancia. Toda mi atención estaba puesta en Liam removiéndose entre las sábanas y en el dolor de estómago debido al nerviosismo.

—¿Dónde estoy? —dijo por fin y éste me dio un vuelco.

—A salvo. Estás a salvo.

Se incorporó poco a poco, vestido solo con la ropa interior.

—Te he dejado agua sobre la mesita. Deberías beber todo lo posible —le aconsejé.

—Gracias —Fijó su mirada en mí.

—Siento el recibimiento de ayer —me disculpé avergonzada.

—No pasa nada. Estabas sola, es normal.

Asentí viéndole beber.

—Si te encuentras con fuerzas puedes darte un baño y afeitarte si quieres. El doctor te ha traído agua suficiente pero si la deseas caliente o templada deberás esperar.

—Tenéis agua —observó sorprendido.

—Todo mejora, sí. Intentamos arreglar las cosas lo mejor que podemos. Te he traído algo para desayunar pero ya es mediodía. Si quieres algo más adecuado…

—Es comida igual. No me importa desayunar a medio día. Muchas gracias por darme de comer.

—Lo necesitas. Estaré en la sala contigua.

—Y después, como siempre, podré irme por donde he venido, ¿no? Tragué saliva.

—No es momento de hablar de eso. Ahora lávate y come algo —dije ya dándole la espalda y avanzando hacia la puerta.

—¿Como te llamas? —Le escuché preguntar justo antes de girar el pomo.

‹‹Y lo vi de nuevo, frente a mí con su mochila, en el metro lleno de gente. Agarrado a la barra con una mano y quitándose el auricular de su dispositivo con la otra para poder escucharme. Esperando mi respuesta con interés. Ya hacía meses que coincidíamos y me había fijado en él pero aquella mañana estábamos por primera vez el uno frente al otro y alguien lo había empujado contra mí segundos antes.

—Iris. ¿Y tú?

—Liam.

—No parece un nombre de aquí.

—Mi abuelo es escocés. Bueno, parte de mi familia››.

Dios mío, en aquel momento estaba tan nerviosa… Tanto como ahora.

—Iris —respondí, todavía dándole la espalda.

—No te acuerdas de mí, ¿verdad?

Y dejé de respirar.

‹‹*Me he acordado de ti cada puñetero día solo con mirar a Álex*››.

—Por mucho que te veo ahí de pie no acabo de creérmelo. —Le oí decir.

Pensaba que si verlo vivo dejaba de ser una fantasía me sentiría feliz, pero lo único que había en mi en ese momento era incertidumbre y miedo sobre cómo podría cambiar mi vida.

—Ven a desayunar y hablaremos… Liam.

Unos veinte minutos después entró ya limpio pero sin afeitar, así que supuse que era su nuevo estilo y lo cierto era que no me desagradaba nada.

—Hola. —Se situó a mi lado y miró el soleado día por la ventana—. ¿Vivís en un parque temático?

—También se rodaban pelis del oeste. La zona de los hoteles quedó destruida en uno de los ataques pero los edificios de esta zona quedaron intactos —respondí con una sonrisa.

—Parece de verdad.

—No creas. Todo era falso cuando llegamos.

—¿Sois muchos?

—Aforo completo. Me extraña que no te encontrases con nadie por el camino. Muchos grupos nos hemos asentado en el desierto debido a que…

—Está vallado y es complicado acceder desde tierra.

—Sí. Una vez se fueron las naves, el único peligro son los Permanentes y, bueno, según qué humanos, ya sabes. Hace tanto calor que pocos se acercan, aunque algunos lo hacen.

—Como yo.

—Como tú.

—¿Eres de las que creen que regresarán en el futuro? ¿Cuándo la humanidad esté recuperada y el planeta rehabitado? —Se dio la vuelta para mirarme apoyándose en el poyete.

—Muchos lo creemos, sí, pero todavía queda mucho para eso. Estaremos preparados para luchar cuando vuelvan.

—¿Para luchar contra los cientos de naves y sus campos absorbedores de energía planetaria? He escuchado esa teoría —dijo como si le pareciese una estupidez, y me sentí algo molesta.

—No es una teoría. Es una realidad. Si aprendemos a manejar nuestra energía vital podremos debilitar sus escudos individuales e incluso proteger la Tierra entera cuando regresen. Hacer nuestro propio escudo protector integrándolo en nuestro ADN hasta convertirlo en el siguiente escalón evolutivo.

—Aunque así fuese… para eso quedan generaciones.

—Mejor eso que quedarse esperando a verlas venir, ¿no crees? —repliqué.

—Siento si te he molestado. —Parecía sincero.

—No te preocupes. —Sonreí para disminuir la tensión—. Cada uno es libre de creer lo que quiera. Siéntate y come algo. La mermelada está caducada pero no te pasará nada.

—Cosas peores he comido. Gracias, de verdad.

Obedeció, aún algo débil y me senté a comer una frente a él.

—Sí que me acuerdo de ti. Claro que me acuerdo.

Él asintió untando una tostada de mermelada de fresa.

—Es… una casualidad muy grande —dijo—. Es decir… cuando por fin logré regresar de Reino Unido, encontré a algún conocido superviviente en la ciudad pero a nadie más —explicó con tristeza—. Cuando he despertado lo primero que me ha venido a la cabeza has sido tú apuntándome con el arma pero enseguida he pensado que podía ser y además, tu pelo ahora es oscuro y mucho más largo.

—Dejé de teñirlo. Ya sabes, el fin del mundo y todo eso —bromeé y su sonrisa me hizo desviar la mirada a las tostadas, algo sonrojada—. A mí también me sorprende verte, la verdad.

—¿Vives sola?

—No. Vivo con… con…

Llamaron a la puerta y di mil gracias por ello.

—¿Iris?

Era Susana, la Jefa de la Guardia del asentamiento.

—Viene a hacerte unas preguntas. No aceptamos a cualquiera sin que ella dé el visto bueno. Si luego decides quedarte, tendrás que pasar otro filtro. Dame un momento.

—Vale, entiendo, pero tengo pensado irme esta noche.

Me acerqué a la puerta viendo a mi amiga mirándose a través del reflejo del cristal. Sujetaba mediante horquillas el ya largo flequillo, para apartarlo de la cara

Abrí y salí al porche.

—¿Te parece normal no haberme avisado ayer? ¿Por eso no viniste a devolverme la escopeta? ¿Para no tener que contármelo?

Estaba realmente enfadada y con razón. Era muy importante informar de nuevas llegadas y asegurar que no traería problemas antes de la primera noche.

—Estaba hecho polvo.

—¿Y qué?

—Que es inofensivo.

—Iris… —me reprochó.

—Entiendo que sigues siendo inspectora.

—Por supuesto que sigo siéndolo. Y me encargo de la seguridad de este sitio. ¿Está despierto? —Hizo gesto de abrir para entrar antes de escuchar mi respuesta así que ni me molesté—. Por cierto, ¿cómo está

Héctor de su lesión?

—Bien, él y Álex han ido a ver a Chino. Pensaba que no iría en su estado pero al parecer ha aprendido a destilar alcohol y no ha querido perdérselo.

—Ah, sí, veremos cómo acaba todo eso —dijo no muy convencida mientras avanzábamos por el largo pasillo.

—¿Seguro que esto es necesario?

—Sabes el motivo por el que muchos han sobrevivido.

Lo sabía. Los Permanentes dejaban en paz a todo aquel que no emanaba una energía en concreto, con el tiempo habíamos descubierto que de neutral a positiva. Las personas con depresión, los amargados y la gente mala no les servía. Luego estaban los que se habían convertido, por voluntad propia o no, en sus esclavos. Los Permanentes les hacían adictos a la energía positiva para que la necesitaran, la olfateasen y consiguieran personas para ellos transformándolos en caníbales a los que pagaban con las sobras energéticas que con el tiempo no eran suficientes. Entonces terminaban por comerse también el cuerpo.

Conocía lo justo y necesario sobre el tema. Con mantenerme alejada de ellos me valía.

—No puedes confiar en que sea buena persona solo porque te parezca atractivo —me riñó.

—¿Cómo sabes que lo es? —pregunté boquiabierta.

—Porque estás colorada como un pimiento.

RUTA TURÍSTICA

Su le dio el visto bueno tras numerosas preguntas; las primeras, referentes a qué hacía, solo, en medio de la nada. Él explicó que lo habían secuestrado unos esclavistas y había huido tras matarlos a pedradas. También respondió sobre cómo había llegado de Escocia hasta aquí.

—No tengo pensado quedarme, ya se lo he dicho a Iris —informó.

Susana me miró arqueando las cejas antes de finalizar su visita. Liam tampoco le había contado que ya nos conocíamos; algo que tendría que contarle a Su cuando se destapara todo pero que, por el momento, prefería mantener en secreto. No quería que la noticia llegase a Álex antes de contárselo yo misma.

—Nunca se sabe pero si decides hacerlo debemos consultarlo con todos los demás. Avisadme con algo de tiempo si puede ser y me encargaré de todo. Me voy ya, tengo cosas que hacer pero antes, ¿puedo hablar contigo un momento? En privado —me pidió.

—Claro.

Salimos juntas al porche.

—Mi intuición me dice que oculta algo —sentenció.

—Es cierto que se le ve triste pero… ¿Crees que puede ser peligroso? —pregunté con cierto temor.

—No pero hay algo que… no sé qué es. Necesitaría más tiempo.

—¿Como con Héctor? —solté a la defensiva.

—Ya sabes lo que pienso de él pero no voy a volver a hablarte del tema, ya eres mayorcita.

La verdad era que Su y él nunca se habían llevado bien.

—Si notas cualquier cosa extraña, dímelo. Me refiero a Liam. No estaría de más que cotillearas en sus cosas. Si quieres podría hacerlo yo. Más que nada para asegurarnos. —Hizo gesto de despedida con la mano.

—Lo pensaré.

La vi alejarse por la calle principal y entré de nuevo en la clínica.

—¿He pasado la prueba? —preguntó Liam.

—Parece que sí —mentí a medias—. ¿Café?

—Sí, hace siglos que no tomo. Vivís bien, aquí.

Coloqué una bandeja con la cafetera todavía caliente y dos tazas sobre la mesa y Liam lo sirvió.

—Hacemos lo que podemos. Nos ha costado años recopilar lo que necesitamos y convertirlo en un hogar y los comerciantes nómadas nos salvan la vida. Lo siento, no nos queda azúcar —Me disculpé al recordarlo.

—No pasa nada.

—Contamos con varios generadores—continué—, lo que nos permite algo de electricidad desde que varios asentamientos se pusieron manos a la obra en la central.

—¿Quién lo dirige?

—Un poco entre todos. ¿Otra tostada?

—Gracias.

Comía con mucho apetito, como es natural, y tras conversaciones triviales, terminó su desayuno tardío. Yo lo había hecho antes de salir de casa y ya era la hora de comer pero el nudo en el estómago seguía ahí y no dejaba dar paso al apetito.

Recogíamos la mesa cuando el walkie dio señal.

—Iris, ¿estás ahí? El doctor me ha dicho que te encontraría en la clínica. Cambio.

Me levanté y respondí.

—Sí, estoy aquí. Cambio. —Reconocí la voz de Rey, el organizador de reuniones y eventos.

—Creo que tu muchacho te trajo cds de la última exploración. Nos vendrían bien todos los posibles para elegir la música del cuarto aniversario. Es el primer año con algo de electricidad y estoy eufórico. Cambio.

—Recibido, ahora te llevo todos los que tengo. Cambio.

—Gracias, reina. Corto y cierro.

—Ven conmigo. Te enseñaré esto.

Cogí una cantimplora llena y salimos ante la atenta mirada y saludos de los habitantes del recinto que empezaban ya a resguardarse de las altísimas temperaturas. Eso me recordó que el traslado era inminente y me sobrecogí un poco. Llevaba años sin alejarme de los alrededores y la posibilidad de vivir solo con Héctor y Álex en una granja alejada del mundo no me acaba de convencer pero mi novio estaba muy ilusionado con aquella idea… y con la otra.

Liam observaba con atención lo que anteriormente había sido un parque de ocio ambientado en el oeste americano. Pensé que hubiese sido el momento ideal para dejarme ver frente a la oficina de Su y que ella volviese a la clínica a registrar pero él se había llevado consigo la mochila que traía, así que la misión había abortado antes de empezar.

—Llegamos a este lugar tras un largo viaje, un grupo algo extenso —expliqué a Liam—. Los que sobrevivimos al camino, claro. Otros habían tenido la misma idea de vivir aquí pero muchos no aguantaron las altas temperaturas y se fueron enseguida. Cada uno es dueño de sus decisiones y vivir aquí es muy duro. Por eso el asentamiento se traslada. Vamos a un lugar más productivo donde podamos plantar y criar ahora que la naturaleza empieza a renacer. Pero algunos no vienen con nosotros, regresan a sus antiguas ciudades para volver a empezar allí y reactivarlas.

—¿De dónde sacáis el agua?

—Chumberas, riachuelos, y por supuesto, del manantial salino. Que nos dejaran sin peces pero no secaran el planeta nos mantiene vivos.

—Ya sabes por qué.

—Sí, lo sé bien. —Necesitarían un planeta sano cuando quisiesen volver.

—Esto es un oasis.

Reí, divertida ante su expresión de admiración.

—Lo intentamos pero no es un lugar tranquilo del todo. No lo era mientras estaban ni lo es ahora qué se han ido. Algunos saben de este sitio y vienen a hacer daño. Puede que no en verano, pero sí el resto del año.

—Aun así. Mi vida desde que empezó todo ha sido una mierda tras otra.

Pensé que la mía tampoco había sido una maravilla. El rostro de los dos hombres que casi nos matan a Álex y a mí hace tres años relampagueó en mi mente y respiré hondo para obligarme a centrarme en el ahora. La mirada de Liam fija en mí me ayudó a no quedar atrapada en aquel horrible recuerdo, aunque al notarlo desvié enseguida la mirada.

Él se dio cuenta y dijo:

—Perdona que te mire, es que aún no me lo creo.

—Yo tampoco, la verdad. Estamos, ¿A cuánto? ¿A cientos de kilómetros de nuestra ciudad?

27

—Cinco años después de que el mundo se acabase.

—Cinco años después de que el mundo se acabase, sí.

Limpié el sudor de mi frente y cuello pasándome la mano. Él siguió con la mirada el gesto y lo que creí percibir en sus ojos hizo que subiera aún más mi temperatura corporal.

Enseguida volvió a su mirada triste, lo que no le restaba en absoluto atractivo años después. Sacó un objeto del bolsillo y después un pañuelo para secarse también el sudor.

Miré el aparato, estupefacta.

—Ya sé qué es una estupidez llevar un móvil —se disculpó al ver mi expresión—, pero dentro están las fotos de Álex y bueno, de toda mi familia. ¿Te acuerdas de Álex?

Tragué saliva y asentí enmudecida.

—Lo llevo en el bolsillo porque siempre es más probable que vayan a por la mochila si me quieren robar y no quiero sacar la tarjeta por si la pierdo. Es tan condenadamente diminuta… —Volvió a guardarlo, algo avergonzado.

—Comprendo. Yo perdí el mío antes incluso de plantearme conservarlo y lo cierto es que me hubiese gustado tener algún recuerdo.

Entramos a lo que antes había sido una escuela ficticia y ahora era mi casa.

—De momento no tenemos mucho pero conservar literatura, cine y música es importante, especialmente ahora que está volviendo la electricidad en la zona. Y yo pido que intenten recabar todo lo que puedan cuando salen a explorar o a buscar provisiones.

—Este sitio está muy bien —comentó echando un vistazo a su alrededor.

—Gracias. Quizá podríamos buscar un ordenador portátil que se encienda y hacer algo con esas fotos.

—Perdí el cargador del móvil.

—Vaya, lo siento. Algo se nos ocurrirá.

—No te molestes, Iris, de verdad —me pidió suavemente, con cierta intimidad. Como ya nos hablábamos la última vez que nos vimos en nuestro vagón.

—No es molestia —dije con el mismo tono, casi sin darme cuenta, mientras intentaba acceder al arcón, pero Liam estaba en medio y yo torpe por tenerlo tan cerca.

Él tampoco parecía estar muy ágil en aquel momento. Se dio cuenta de que estaba en medio pero al apartarse casi tropezamos.

—Lo siento —se disculpó rascándose la cabeza, como tantas veces le veía hacer a su hijo.

—No pasa nada.

Cogí una bolsa del arcón, me acerqué a un mueble del saloncito para arramblar con los cd que pudiesen sonar en una fiesta y cerré la mochila. Al ponerme en pie y darme la vuelta, lo vi acercarse a nuestro corcho de fotos. La gran mayoría realizadas con una vieja Polaroid que encontré en un centro comercial poco después de la invasión. No la utilicé durante muchos meses pero luego había decidido inmortalizar los pocos buenos momentos que habíamos vivido para conservar la esperanza. Fotos de Álex, mías, con Héctor, amigos del asentamiento… Muchas estaban ya desgastadas y borrosas por los años pero eran distinguibles todavía.

—¿Es tu familia? —preguntó.

—Ajá. ¿Vamos? —Lo distraje antes de que pudiese ver quién aparecía en ellas.

Por suerte se dio la vuelta y salió conmigo sin resistirse.

Llegamos al Saloon, que no se había modificado en todo este tiempo, pareciendo aún una cantina del oeste americano y que ahora utilizábamos como centro de reuniones.

Entregué los cds a Rey antes de presentarle a Liam y éste le preguntó si iba a quedarse para la celebración.

—No soy muy amigo de celebrar nada desde hace algún tiempo —apuntó.

—Celebramos que se han ido, bonito —dijo Rey con cierto reproche.

—Aun así, es un desperdicio de energía para algo así y además… —Liam iba a agregar algo más pero finalmente pareció pensárselo y no lo hizo. Creo que por educación.

Rey y la nombrada disc jockey, Sara, estuvieron eligiendo los cds que iban a quedarse y nos devolvieron los demás.

—No eres muy de celebrar, ¿eh? —dije mientras nos alejábamos.

—Hace cinco años que no celebro nada, no.

No había tenido tiempo de conocer a Liam como me hubiese gustado pero sí había llegado a percibir, por nuestras conversaciones y ciertos gestos, algo de él.

La desdicha que ahora veía era fruto de cinco años muy duros. De cinco años sin Álex.

—Se acerca la hora de comer y es mejor resguardarse hasta el atardecer —advertí.

—¿A tu familia no le importará? —dijo haciendo un gesto con la mano, ofreciéndose a llevar la bolsa. Accedí.

—No, no te preocupes. Además, están pasando el día fuera.

—¿No temes quedarte a solas con un desconocido?

—No eres un desconocido para mí.

—Pero podría haberme vuelto loco o ser un asesino.

—De ser así, Su te hubiese pegado un tiro sin pensarlo dos veces. —Sostuve la puerta para dejarle pasar y salimos a la calle—. Ya pasó una vez.

—¿Tenéis armas para protegeros?

—No. No es fácil encontrarlas. Tenemos algo reservado: escopetas de caza como la que llevaba ayer y que aún tengo que devolver —Justamente recordé—, y alguna que otra más recuperada de cuerpos del ejército pero nada más. ¿Tú llevas algo?

—No, qué va. Solo un cuchillo.

—¿Y cómo te has defendido todo este tiempo?

—Como he podido.

Era evidente que esa respuesta omitía mucho. No supe si porque no quería dar detalles o porque Susana tenía razón y había algo en él que debía hacerme desconfiar.

Pero el caso era que me fiaba de él. Sabía que mi amiga siempre acertaba pero seguro que no era nada grave.

Al llegar me di cuenta de que Liam seguía necesitando un buen descanso y le pedí que se sentara en el sofá mientras preparaba un té frío y algo ligero para comer. Al principio se resistió pero después de un leve mareo, accedió.

—Oye, pienso trabajar para pagaros esto, en serio.

—Ya te he dicho que ya hablaremos de eso —insistí—. Ahora descansa.

Conversamos sobre como cada uno había llegado hasta allí. Me costó evitar hablar de Álex en aquel momento, no incluirlo directamente en la narración de mi historia. Hubo varios intentos de contárselo pero no me salieron las palabras.

—¿Héctor es tu pareja? —preguntó con aire cansado.

—Sí.

—¿Desde hace mucho? —concretó.

—No estaba con él cuando nos conocimos, si es eso lo que preguntas.

Bajó la mirada intentando disimular una sonrisa, demostrándome que había dado en el clavo.

—Es que nunca llegamos a tocar esos temas.

Lo recordaba a la perfección.

—Casi un año de forma oficial —continué—. Ya nos conocíamos desde hacía tiempo. Era del grupo con el que llegamos. ¿Tú tienes a alguien?

—No. De hecho es algo que no me interesa por ahora. Estando solo es más fácil sobrevivir.

—¿Tú crees?

—Imagino que tú no —dijo—, pero yo prefiero no tener que preocuparme por mantener a nadie a salvo a parte de mí mismo. Siento pensar así pero es pura supervivencia.

—Yo pienso todo lo contrario. Creo que juntos somos más fuertes.

—Puede que tengas razón. En todo caso ambos seguimos vivos.

—Es cierto —admití—. ¿Entonces has viajado siempre solo?

—No siempre, no. —Desvió la mirada, pareciendo recordar, y sentí de pronto una punzada de celos—. Pero sí la mayoría del tiempo. ¿Y él tiene hijos? Me ha parecido ver un monopatín de adolescente en la entrada.

—Ajá —respondí.

Qué difícil me lo estaba poniendo. Resoplé, sacando de un mueble todo lo necesario para la comida y cambié de tema:

—Oye, ¿fue bien aquella entrevista? Tenía esa pregunta preparada para cuando volviese a verte. Más vale tarde que nunca, como se suele decir.

Lo oí reír un poco, por primera vez desde que llegó y me hizo sonreír mientras lavaba unas lentejas cocidas de lata, que serviría frías a modo de ensalada.

—Pues sí, la verdad es que sí. Nunca he creído en esas cosas pero tu amuleto me dio suerte.

—Ah, sí, el amuleto… —Perdí la mirada en la soleada y desierta calle a través de la ventana frente al fregadero que tanto nos costó instalar, antes de verme de nuevo en el metro, entregándoselo para que le diera suerte. Deseando que la tuviera pero al mismo tiempo con miedo de que así fuera y no volver a verlo más—. Todo depende de la energía que le pongas a algo. Y tú creíste que daba suerte. Esas cosas no suelen fallar.

—Nunca llegué a saber si me daban el trabajo pero… creo que me lo hubiesen dado.

Nos mantuvimos casi en silencio, también durante la comida, y mientras saboreábamos un melocotón en lata demasiado dulce como postre, me preguntó muy serio:

—¿Nunca piensas cómo sería tu vida de no haber llegado ellos?

Era algo muy habitual desde que había empezado todo. La humanidad entera se preguntaba a diario que estaría haciendo en ese momento de no haber llegado Ellos, los Tóxicos. Se veían rodeados de sus seres queridos, continuando con su trabajo, teniendo hijos o estrenando nueva casa. Vivos.

Y yo no era distinta a los demás.

—Continuamente pero intento no hacerlo. No podemos volver al pasado. Solo podemos seguir adelante. Ser felices con lo que podamos, ¿sabes? No nos queda otra.

—¿Y crees que se puede?

—En esta casa lo hacemos. Siempre que podemos.

—¿Han estado aquí también, no? Los del ‹‹Movimiento Vibracional›› y sus técnicas para elevar la energía interior.

—La idea de la energía vibracional es muy antigua. Todo es energía, ¿sabes? Y los Tóxicos lo sabían de alguna forma.

—Yo también lo creo pero de ahí a pensar que podemos utilizarla a nuestro antojo… Respeto tus creencias, Iris, pero no las comparto, ya lo habrás notado.

—No pasa nada. Yo respeto las tuyas.

Nos levantamos para fregar los platos y reparó de nuevo en el corcho con fotos de Polaroid. Se acercó y las observó con atención.

Aguanté la respiración, sabiendo lo que encontraría en ellas; sospechando que era su intuición la que lo hacía acercarse allí de nuevo.

Esta vez no lo detuve. Había llegado el momento.

—Liam… —dije mientras lo veía tomar una de las fotos y observarla de espaldas a mí—. Hay algo que debes saber.

Se dio la vuelta con aquella imagen en la mano. No conseguí distinguir cual era pero tampoco necesité saber quién aparecía en ella. Su expresión era de total incredulidad y emoción al mismo tiempo.

Y las palabras temblaron en mis labios:

—Álex está aquí. Conmigo.

REUNIÓN FAMILIAR

Cuando por fin logró tranquilizarse y tomar asiento, le conté cómo le había encontrado, lo que habíamos vivido, en quién se había convertido su hijo. Durante toda la tarde me escuchó callado, atento, sin perder de vista ni uno solo de mis gestos, palabras y emociones. Yo hacía lo mismo con respecto a él, lo que a veces me hacía perder el hilo.

Al anochecer, escuchamos abrirse la puerta y Liam se levantó del sofá como impulsado por un resorte.

Héctor fue el primero en entrar, sobre su silla de ruedas, sudado pero contento, con una botella de vidrio con líquido transparente en el regazo.

—Hemos conseguido licor para… —medio anunció, interrumpido por la inesperada presencia de un desconocido en nuestra casa—. Hola —saludó esperando una explicación por mi parte. Lo único que hice fue levantarme del sofá.

Álex entró tras él, ante la atenta mirada de un Liam boquiabierto y éste reaccionó igual al verlo. El padre me miró de nuevo, como si necesitase asegurarse una última vez, y sonreí antes de bajar la mirada. Avergonzada todavía por haber tardado en descubrirles algo así.

—Álex… Este es el hombre que encontré ayer en el río. Él es…

—Eres mi padre.

—Sí. Soy tu padre. Soy tu padre —repitió con lágrimas en los ojos mientras corría a abrazarle.

Logré contener las lágrimas ante la emocionante escena.

Álex no le rodeó con sus brazos. Llevaba cinco años soñando con ese momento sin saber realmente si sucedería y aunque también lagrimeaba, prefirió fingir ser el tipo duro de dieciséis años que en realidad no era.

—¿Por qué no me lo dijiste ayer cuando te pregunté? —me reprochó al separarse.

Héctor me miró, estupefacto.

—Eso, cariño, ¿por qué te guardaste algo así para ti sola? —Se acercó para besarme en los labios, antes de dejar la botella de licor

35

sobre la repisa de la cocina construida desde cero.

—No sabía cómo. Lo siento.

—No importa —intervino Liam—. Solo importa que estás vivo. Y que estás bien —Le acarició la cabeza estudiando cada rasgo de su cara en silencio.

Un silencio que respetamos hasta que mi novio tomó la palabra:

—¿Cenamos? Estoy hambriento. Podemos abrir el licor para celebrarlo. —Reconocí el tono irónico en su voz al sentirse amenazado y supe que sería una velada complicada.

Sentados alrededor de la mesa, ya terminando de cenar, expliqué de nuevo a Liam, pero esta vez con ayuda de Álex, como lo había encontrado en las escaleras del metro y lo había llevado conmigo. Como logramos sobrevivir al segundo y tercer ataque, ocultarnos y seguir adelante durante años hasta llegar a esta zona del país en un grupo grande de personas. No le contamos el hambre que pasamos, los intentos de robo, la muerte que encontramos por el camino, que en ocasiones tenía ganas de morirme y mantenerlo a salvo era lo único que me obligaba a seguir cuerda.

Mucho de todo aquello ya se lo había contado durante la tarde pero no le importó volver a escucharlo de boca de su hijo.

Después de pasar todo el día juntos no hacía falta darse cuenta de que Liam lo había pasado mal e incluso peor. Los supervivientes a la invasión habíamos tenido que hacer cosas de las que no nos sentíamos especialmente orgullosos. Me preguntaba qué habría tenido que hacer él. Había tardado años en poder regresar de Reino Unido en un peligroso viaje en barco para descubrir que no quedaba nadie con vida. Había hecho lo propio, a veces solo y a veces acompañado.

Era cierto que todo iba mejorando desde que abandonaron el planeta pero algunos se habían quedado. Las religiones habían renacido de las cenizas, y otras nuevas habían surgido, entre ellas un movimiento desde siempre existente pero que en los últimos años había crecido con más fuerza.

—¿De veras crees que todo eso es posible? —preguntó Liam a su hijo, muy interesado en conocer su opinión.

—Por supuesto. Confío en la idea de Brina —respondió él chico—. Ella y su equipo lograrán dar forma a la idea. Y como ella, otros muchos. De hecho ya lo están haciendo.

—Convertir las antiguas antenas de telefonía en antenas de recepción de energía vital utilizando las mismas piezas alienígenas de sus artefactos me parece algo… Por no hablar de convertirnos a nosotros mismos en armas de defensa. Eso también está en sus teorías, ¿no? Eso es imposible e increíble.

—¿Casi tan imposible como que Álex esté vivo? —Escupí algo molesta por su falta de esperanza.

—Y con ella. Es lo que Iris quiere decir en el fondo, ¿verdad, cariño? —intervino Héctor dando un trago al casi cristalino líquido.

Todos habíamos sido algo víctimas de aquel fuerte licor, con poco que habíamos bebido, pero él lo había hecho aún más que nosotros, ya durante su visita a Chino.

Con el tiempo había aprendido a darme cuenta de que Héctor era una de esas personas que se había forjado una fama de bueno y perfecto con palabras que luego contradecía en sus actos a veces inmaduros, impulsados por su inseguridad. Actos que reprimía la mayoría de las veces pero que en ocasiones no podía ocultar, como en este momento. Tras unos meses viviendo juntos, empezaba a conocerlo de verdad. Todos tenemos nuestros defectos, y ese era el suyo.

—¿No crees que deberíamos dejarlos solos un rato? Querrán hablar —me pidió.

—Sí, tienes razón. Y tú necesitas que te dé el aire.

—¿Y tú no?

Álex se puso en pie e hizo gesto de recoger la mesa pero se lo impedí con dulzura:

—No hace falta que recojas, ya lo haremos mañana por la mañana. Ahora es momento de hablar con tu padre.

—No, no —intervino Liam poniéndose en pie también—. Lo haremos ahora mientras charlamos. ¿Te parece bien?

El chico aceptó y nosotros salimos a dar un paseo que sabía que no sería fácil. Un paseo que comenzó en un tenso y absoluto mutismo durante un buen rato y que sin duda era el preludio de un estallido.

—¿Has pasado todo el día con él, recordando viejos tiempos?

Boom.

—En realidad desde mediodía. Y no hay mucho que recordar, Héctor. Ya conoces la historia.

Rio a carcajadas y me alegré de no poder verle la cara mientras empujaba la silla de ruedas. La mayoría del tiempo era una persona encantadora pero desde la cena...

—He de reconocer que no creía que volverías a verlo. Te seguía la corriente cuando sacabas el tema pero estaba seguro de que estaba bien muerto —confesó con cierto desaire.

Se sentía amenazado por Liam y su actitud me era completamente nueva a ese nivel. Se comportaba de manera agresiva. Y no me gustaba nada.

—Eso no significa que vaya a cambiar nada entre nosotros.

—Siempre que me has hablado de vosotros no he estado seguro de si él podía sentir lo mismo o te habías montado tu propia película pero esta noche lo he visto claro —bramó.

—Cállate, por favor, estás bebido. No sé qué intentas decir con eso pero lo único que siente ahora mismo por mí es agradecimiento. Eso es todo.

Sonreí y saludé con la mano al candidato a futuro bibliotecario, que tomaba una taza de algo en el porche mientras leía con una linterna frontal en la frente.

—Estoy seguro de que le encantaría agradecértelo a solas hasta hartarse.

—¡Héctor por favor!

—¿Y tú? ¿Qué has sentido al verlo de nuevo?

Nos detuvimos y me agaché frente a él para tomarlo del rostro. Al mirarlo a los ojos me di cuenta de que los tenía enrojecidos.

—Basta. Eres importante para mí. Te quiero —dije conmovida antes de besarlo, pero él se apartó a medio beso.

—Pero aún no has respondido a la pregunta que te hice ayer. ¿Tiene él algo que ver?

—Héctor...

—Ahora más que nunca necesito que me des una respuesta. Que me demuestres que de verdad me quieres como deberías.

Era cierto que a partir de ahora nuestra relación no sería fácil a no ser que me esforzase por demostrarle que era con él con quién quería estar pero no estaba preparada para darle esa respuesta. Ni siquiera antes de que Liam apareciese.

—Creo que ahora en lo único que pienso es en qué pasará con Álex. Si Liam se quedará en el asentamiento o si se irá y se lo llevará con él. Sé que no es nada mío y que debe estar con su padre pero es que ya no me imagino vi vida sin él conmigo. —Necesitaba desahogarme. Que me dijese que fuese cual fuese el siguiente paso, Álex estaría bien.

—Para empezar no sé por qué se lo has contado —fue su respuesta—. No tenías ni que haberlo llevado a casa. Se hubiese largado y fuera problemas.

—¡Tenía que saberlo, Héctor! ¡Es su padre!

—Si de verdad apreciases esta familia te habrías callado para mantener al crío a tu lado. ¿Cómo puedes ser tan rematadamente estúpida? —«¿¿Acaba de insultarme??»—. A no ser que lo que quieras es sustituirme por él.

—¿Pero te estás escuchando?

Nunca lo había visto así. Sabía que con lo de la pierna no estaba pasando un buen momento pero esto me causaba una desagradable sensación que tardaría en olvidar.

—Sabes que en este mundo de mierda me necesitas, Iris. No habríais llegado vivos de no haber sido por mí. Y yo no puedo vivir sin vosotros. Sois lo único que necesito. Lo único.

—No digas eso por favor… —le pedí.

—Es la verdad. Nos completamos, Iris. El uno sin el otro no somos nada. —Comenzó a hacer rodar la silla él solo—. Ve a hacer de anfitriona con tu invitado. Yo voy a ver al doctor. Me prometió que buscaría una muleta y necesito más calmantes.

—Creo que deberíamos hablar mañana, cuando estés sobrio. Estás haciendo un desierto de un grano de arena.

Hizo gesto de que me callara y se alejó.

Caminé sola de regreso, dándole vueltas a todo lo que había sucedido ayer y hoy. Y lo cierto era que una parte dentro de mí se sentía feliz. Feliz y aliviada de volver a ver a Liam pero aparté enseguida aquellas sensaciones.

Mi vida estaba con Héctor ahora.

Un hombre que me quería, que había aguardado pacientemente a que yo sintiera lo mismo. Mi familia. Mi futuro. Estaba segura de que terminaría recapacitando y calmándose. Que lo vería todo distinto cuando la pierna mejorase.

A medida que me acercaba a la parte trasera de la casa, veía y escuchaba con más claridad la escena. Álex estaba de espaldas a mí y Liam frente a él. Aunque me vio, decidí quedarme con la espalda apoyada en la pared exterior, fuera de su campo de visión. Se estaban dando las buenas noches.

La emoción contenida durante todo el día decidió liberarse entonces y no pude aguantar el sollozo pese a taparme la boca. Una ola de calor inundó mi pecho subiendo hasta la garganta.

—Voy a preparar la mochila —Escuché decir a Álex—. Mañana he quedado para ir de excursión. Buenas noches, papá.

—Buenas noches, hijo —Escuché a Liam emocionado.

Sequé mis lágrimas y no supe si entrar o qué hacer.

Fue él quien salió.

Sin decir palabra me abrazó tan fuerte que no pude evitar hacer lo mismo. Después tomó mi rostro con ambas manos y apoyó su frente contra la mía.

—Gracias. Gracias. Gracias.

Nos quedamos así un momento, hasta que trazó una placentera caricia con sus dedos, del rostro hacia el cuello, haciendo que se me pusiera la carne de gallina. Y creí que iba a pasar. Que me besaría. Y al sentir su tacto sobre la piel sensible lo deseé con todas mis fuerzas

Entonces pensé en Héctor y en el daño que le hacía solo con pensarlo.

Por si acaso, lo aparté de mi cuerpo con las palmas en su pecho porque mi cabeza me repetía que, de suceder, aquello no estaría bien.

—Lo siento —dijo, apartando la mano pero continuando en la misma posición.

—No te preocupes. Es un momento importante y te sientes agradecido y lleno de adrenalina.

—Sí, supongo que es eso. —Se apartó de mí por fin y se rascó la cabeza.

—Ven, te enseñaré donde dormirás —dije.

—Vaya, Álex es un fan de la idea de Sabrina. ¿La habéis visto alguna vez en persona? —preguntó mientras cogía su mochila, que había dejado antes sobre el sofá.

—Es una buena amiga. Nuestros grupos recorrieron juntos una etapa difícil y después se desviaron. Hace un año pasó por aquí. Álex ya era más mayor y quedó un poquito enamorado durante esos días.

—Quiero que me lo cuentes todo sobre él, Iris —me pidió con una amplia sonrisa.

Asentí.

—Mañana, te lo prometo.

Le mostré la habitación en la que dormiría, junto a la nuestra, y le di las buenas noches sin querer plantearme qué pasaría ahora.

EL INTERCAMBIO

Me desperté sin saber muy bien por qué. En medio de la noche, con el corazón acelerado; sudando a pesar de dormir solo en bragas. Héctor dormía profundamente debido al alcohol y los calmantes. Bebí toda el agua del vaso de la mesita de noche. Como de todas formas al día siguiente tendríamos que ir a buscar más, salí de la habitación decidida a llenar otro después de ponerme solo una camiseta, no lo suficiente larga como para tapar mi ropa interior pero tampoco tenía pensado ir muy lejos.

Pasé por la habitación de Álex y entreabrí la puerta. La cama estaba revuelta y vacía.

En la planta de abajo tampoco estaba. Pensé que quizá se había escapado a hablar con algún amigo y explicarle todo lo que había pasado sin poder esperar a mañana o quizá con alguna chica del asentamiento.

En la cocina, llené el vaso solo a medias y disfruté de él. Tenía la boca extrañamente seca. El parpadeo de una luz en el exterior, cerca de una de las dos entradas, me llamó la atención a través de la ventana.

Me sobresalté al escuchar el walkie de casa justo en ese momento. Debí dejarlo encendido y llegaban interferencias.

—Ya tenemos la válvula alienígena. Nuestro hombre la ha traído, como prometió. Al parecer tuvo un percance en el desierto. Le hemos dado algo para asegurarnos de que no vuelva a pasar. Estad preparados para cualquier movimiento extraño pero no creo que haga falta. Ambros confía en él y está solo. Corto.

—Recibido. Proteged esa cosa con vuestra vida —dijo otra voz al otro lado de la línea.

—Métela en la mochila (…) ¿Quién anda ahí? —preguntó la voz anterior, alejada del aparato.

—¿Papá? —Me pareció oír y el estómago me dio un vuelco.

—Lo ha visto todo —anunció la primera voz—. Si llama a alguien nos retrasará.

La comunicación se cortó. Cogí la escopeta de caza del armario de la entrada y salí en dirección a la luz sin detenerme ni para ponerme algo más encima. La ansiedad me impedía pensar. Ni siquiera avisé al vigilante de guardia.

A medio camino me desprendí de las chanchas y continué descalza.

Al llegar vi a dos hombres armados y trajeados de negro, como si nada de lo que sucedía en el planeta tuviese que ver con ellos. No los había visto nunca. Uno de ellos apuntaba a Álex en la cabeza con un arma pequeña. ¿Dónde demonios estaba el vigilante de guardia?

Me volví loca acelerando el paso pero de pronto me detuve en seco.

—Es inofensivo —pude oír a Liam y se me heló la sangre—. No tiene nada que ver con esto. He cumplido mi parte. Llevaos la jodida válvula, ahora es de Ambros.

—¡Eres un maldito traidor! —Escuché a Álex fuera de sí—. ¡Sabrina las necesita para el proyecto!

—Tiene cojones el muchacho pero yo un silenciador. —Por la voz, el hombre parecía tranquilo pero recargó el arma con el gatillo y yo al mismo tiempo la mía.

—Vamos, Pablo, si es un crío —intentó razonar Liam con nerviosismo al tiempo que levantaba el brazo.

Pero yo no razoné. Aguanté la respiración, apunté y disparé a la cabeza. No era la primera vez que lo hacía pero siempre pensé que habría sido la última. Mi puntería no había disminuido pese al tiempo.

El hombre cayó desplomado mientras me acercaba a ellos a paso rápido, recargando y sin dejar de apuntar. El otro levantó las manos. Vi como Álex le arrebataba el arma y la mochila al muerto y salía corriendo sin escuchar a su padre llamarlo.

El vigilante y Su no tardarían en llegar con su equipo.

—Dios, Iris —se atrevió a decir Liam sin creer lo que acababa de pasar.

—¡Cállate!

De pronto alzó la mano hacia mí. Llevaba una pequeña pistola que no había visto. Sin sombra de duda, me disparó y el eco del disparo resonó en todas partes. Noté que me rasgaba la sien y me tambaleé sintiendo el calor de la sangre untando mi piel.

Caí al suelo medio inconsciente.

El walkie que llevaban los hombres sonó de nuevo.

—No querrás estar cerca cuando descubran los cadáveres de estos dos. —Vi a Liam señalándome al entreabrir un poco los ojos.

—Soluciona este embrollo. La única razón por la que Ambros no me deja matarte ahora mismo es porque siempre le consigues lo que necesita pero no se la compliques o sabes que vuestro trato se irá a la mierda.

—No pienso renunciar a la fortuna y la vida fuera de este mundo de mierda, créeme, pero esta gente vive tranquila.

—Los alejaré de aquí pero recuerda que te vigilamos —Escuché cada vez más lejos—. Recupera la válvula para Ambros y tendrás tu pase a la isla.

Oí una motocicleta que se alejaba, en la lejanía, antes de que Liam se colgase la escopeta del hombro, me tomase en brazos sin decir palabra. Le agarré el cabello detrás de la oreja y tiré de él con toda la fuerza que me quedaba, rabiosa, antes de perder el sentido.

3 ELLOS

Me llevó a casa antes de que el equipo de vigilancia se acercara y curó la herida mientras tenía el sentido perdido. Cuando Héctor bajó como pudo al amanecer, desperté por los gritos. Casi lo mata. Se empecinó absurdamente en ir él a buscar a Álex, alegando que en realidad su pierna no estaba tan mal pero finalmente aceptó que fuese yo.

Decidimos no contar nada a nadie hasta marcharnos pero Su no tardaría en darse cuenta de que nuestra desaparición y el cadáver estaban relacionados.

Ahora, a pocas horas de la última parada para descansar del viaje, Liam y yo llegaríamos a Ave Fénix. El alcalde era amigo y podríamos pasar la noche allí para evitar los peligros nocturnos de aquella zona.

Habíamos dejado atrás la aridez del desierto desde hacía ya horas, y la frondosidad renaciente del nuevo paisaje me llenó de cierta vitalidad pese al cansancio del viaje. La naturaleza empezaba a crecer imparable sin el impedimento del hombre.

Llegamos accidentalmente a la autopista debido a desvíos forzados y vimos que se nos terminaba el último repuesto de gasolina, rodeados por un marco de vehículos apilados y quemados junto a sus ocupantes.

Nos detuvimos y apeamos de la moto.

—No es un problema. Podemos seguir un poco más hasta el pie de la montaña pero tampoco queda mucho combustible —informé—. Lo bueno es que nos queda menos de la mitad del trayecto, aunque sigue siendo un camino largo.

—¿Estás segura de que Sabrina estará allí?

—No pero sé que Álex sí porque él sabe lo mismo que yo. Una vez pasado el túnel…

El sonido de un vehículo lejano hizo que Liam dejara de escucharme. Sacó unos prismáticos y fijó la vista en la lejanía.

—Son ellos.

—¿Tus amigos? ¿Cómo es posible que viajen en todoterreno? ¿Y cómo han llegado tan lejos?

—Son gente de recursos.

—¿Qué pasa? ¿Qué ni siquiera ellos se fían de ti?

—Vamos. Escondamos la moto entre la maleza. Acaban de girar, no están seguros de que estemos aquí.

Después de hacerlo subimos por una cuesta empinada y de hierba alta. Me acercó su mano para que la tomara pero no lo hice. Me sentía agotada y hambrienta pero no se lo demostraría.

—No me toques —casi le ordené.

Suspiró con resignación mientras avanzábamos cuesta arriba, a paso rápido, a través de los árboles.

—¿Ya sabes qué vas a hacer conmigo cuando le encontremos? —preguntó.

—No quiero ni pensarlo. Si no fueras su padre ten por seguro que no hubieses salido vivo del asentamiento.

—Vaya, ¿eso no es contraproducente para tu estado de permanente positivismo energético?

Lo cierto era que tenía razón.

—Cállate. Te juro que como intentes hacerle…

—¿Crees que haría daño a mi propio hijo? Lo buscamos para protegerle y hacerlo razonar —respondió ofendido.

—No lo sé, en realidad no te conozco. Lo único que sé es que ibas a entregar una de las piezas. Seguramente una de las más difíciles de encontrar para poder acabar con los Permanentes y con los que vuelvan, y volver a la normalidad de una vez —dije intentando recuperar el aliento—. Con eso me basta y me sobra para saber lo que me interesa de ti.

—Volver a la normalidad… eres una ingenua si crees eso. Habláis como una puñetera secta que tiene todas las respuestas.

—No tengo ganas de discutir, Liam —dije con enfado.

—Lo mismo digo —refunfuñó.

Por fin llegamos al túnel ferroviario por el que teníamos que cruzar.

—Nos destruyeron por otros motivos, Iris —replicó ahora más tranquilo—. No podemos creernos los dioses del universo y pensar que podemos jugar con todo a nuestro antojo. Ojalá fuese así pero no lo es. ¿Qué más da a quién intentase venderle la válvula?

—¿Le has vendido a Ambros más material extraterrestre?

Silencio por su parte.

—Liam.

—Sí —respondió con sinceridad.

—Dios mío. Eres… eres…

Maldita sea. Qué estúpida había sido todos estos años. No me había equivocado al sentir que podía estar vivo o quizá era una oportuna casualidad de la vida pero nunca hubiese pensado verlo convertido en alguien así, o tal vez ya lo era antes.

Pero lo que me molestaba no era eso. No me importaba que no creyera en lo mismo que yo sino que hiciese tratos con alguien como Ambros.

—¿No hay otro camino? —preguntó.

Me detuve para abrir mi mochila y extraer dos linternas frontales. Le di una.

—Comprueba si funciona la tuya. No me ha dado tiempo de revisar su estado antes de salir.

Nos las colocamos adentrándonos en aquella oscuridad, arma en mano por lo que pudiésemos encontrar.

—Me disparaste. —Ver su pistola me hizo recordar.

—Te me adelantaste. Justo cuando apareciste iba a disparar yo a ese hombre pero te vi aparecer y… tuve que hacerlo para no complicarlo todo aún más. Quedé con ellos hace días y ni siquiera fue idea mía. No sabía que os encontraría allí. Tenía que acabar con la situación, que se fiara de mí. Miki es buen tipo pero no es estúpido. Y yo sabía que solo te rozaría.

Segundos de silencio tras los cuales decidió cambiar de tema.

—Te veo muy tranquila. ¿Acaso tú no estás preocupada por Álex?

—Ignoro con cuanta gente habrás tratado durante todo este tiempo pero hay una cosa por lo que todos los supervivientes nos hemos esforzado: ayudar a los niños a sobrevivir. Han crecido fuertes, se les ha enseñado a moverse, a luchar y defenderse casi como soldados olvidando nuestros propios miedos, pero además de eso Álex es especial. Lo supe desde el día que lo conocí, cuando iba contigo en el metro.

Pero sí que estaba preocupada. Claro que lo estaba.

—Y también le has inculcado esa idea hippie.

—¿Te parece mal, Liam? —respondí percibiendo un fuerte olor a putrefacción.

—Le salvaste la vida, lo has mantenido a salvo y lo has criado para

49

sobrevivir. Siendo sincero me da completamente igual lo demás. ¿Falta mucho para llegar?

—Ya casi estamos —anuncié al ver la luz del día al final del túnel, literalmente.

—Cuidado—. No pude impedir que colocase su mano sobre mi vientre para que no pisara unos cadáveres en descomposición que podrían haberme hecho tropezar mientras desviaba mi atención a la lejana salida.

Los esquivé algo aturdida. Estaban maniatados y parecían haber sido ejecutados. Nunca llegué a acostumbrarme a toparme con la muerte.

El sonido de un veloz raspeo hizo que aguantara la respiración. Antes de todo esto hubiese pensado que era algún animal pero ahora lo más probable era algo peor.

Nos miramos y supe que él pensaba lo mismo.

Uno de sus Canes salió de entre la negrura. Se les llamaba así porque siempre acompañaban en manada a los que distinguíamos como Generales. Eran como sus perros y muchos se habían quedado en la tierra por su desarrollado gusto por los huesos. Hacía años que no veía ninguno.

Pero no se asemejaban en absoluto al amigo del hombre.

—¡Corre! —gritó.

Eran vencibles con las armas normales, como también lo eran los Permanentes sin escudo pero los Canes no poseían armadura. Aquello era una ventaja, sí, pero eran muy rápidos y detenerte un segundo mientras huías para dar en la diana podía ser tu perdición.

Parecidos a arañas, tenían seis patas traseras que articulaban hacia arriba o abajo según su movimiento y necesidad. Desprendían una sustancia pegajosa que permitía su adhesión a cualquier sitio y las dos patas delanteras finalizaban en pinzas. Si te atrapaban podían llegar a seccionarte una extremidad. Era habitual encontrarlos sobre los árboles, en los bosques, pero no en lugares oscuros. Tal vez tenían hambre y nos habían seguido. Guardaba la esperanza de que los cadáveres putrefactos del suelo fuesen bastante para ellos.

—¡No salgas de la vía! —prácticamente le ordené a Liam.

Disparamos mientras corríamos, casi a ciegas por el frenético movimiento de la luz de la linterna y uno de los dos, ignoro cual, consiguió herirlo. Cuando comenzó a avanzar torpemente, Liam se detuvo en seco.

—¡¿Qué haces?! ¡¿Estás loco?!

Apuntó, seguro de su puntería sumada a la lentitud del Can, pero entonces vi a otro acercarse por detrás del primero y él también desvió la mirada hacia allí.

Fue un error.

Se desconcentró fallando el tiro. Recargó cuando el herido se acercó demasiado pero reaccioné a tiempo y le disparé en la cabeza haciendo que emitiera un horrible chillido de dolor antes de caer al suelo muerto.

Vi a otro entrar, desapareciendo en la negrura del túnel, aún a gran distancia, y otro más detrás de él. Temblaba tanto que casi no podía ni recargar el arma con las balas. Empezaron a chillar, como si hubiesen sentido el dolor del miembro muerto de su grupo, disminuyendo incluso la velocidad durante unos instantes.

Los sentía cada vez más cerca cuando conseguimos salir y desviarnos de la vía para despistarlos, haciendo caso omiso a los matorrales y hojas de los árboles que nos herían.

—¡Ven! ¡Tengo una idea! —Liam señaló algo frente a nosotros mientras corríamos. Divisé una placa de metal abierta en la tierra.

Asentí y derrapamos sobre el suelo metiéndonos en el estrecho hueco. Cerramos la placa a modo de tapadera y esperamos dentro. Las finas rendijas que se abrían entre el hierro y el exterior nos permitían respirar.

El agujero era estrecho, probablemente había sido construido para ocultarse cuando ellos todavía sobrevolaban los cielos. Solo cabía una persona y tuve que pegarme a él. El sudor caliente de nuestra piel atravesaba la ropa.

—Gracias por lo de antes —jadeó—. Tienes muy buena puntería.

—Estoy desentrenada.

—Yo no diría eso.

Respiraba muy fuerte debido a la carrera y aquellas bestias podían escucharlo al acercarse. Cuando sentimos sus patas sobre el metal, alcé la mano y le tapé la boca. Entonces me fijé en su oreja izquierda o más bien lo que quedaba de ella. Su cabello greñudo no me había dejado verla hasta ahora. Ajeno a mi descubrimiento, asintió y tomó mi mano para apartarla de sus labios pero no la soltó, apoyándola en su pecho sin dejar de sostenerla.

No se lo impedí, más pendiente de lo que parecía suceder fuera.

Una vez nuestro olor se disipase se marcharían a buscarlo a otro lado, o eso esperaba.

Había oído cosas terribles y estaba aterrorizada. Más por Álex que por lo que estaba pasando. ¿Cuántos peligros se habría encontrado por el camino? Me había esforzado manteniéndolo a salvo y confiaba en él pero ahora se había expuesto al peligro por culpa de Liam. Igual que yo.

‹‹*Ojalá no hubieses vuelto nunca*››, pensé y aparté mi mano de la suya pero seguidamente sentí un nudo en la garganta por pensar aquello de él, porque no era verdad después de todo.

No lo era en absoluto.

Además, al forzarme a aquel viaje, mi ansiedad por el exterior parecía haber mejorado o quizá había sido solo cuestión de decidirme a perder el miedo.

—Tranquila, estará bien —dijo en mi oído, en un sonido casi imperceptible, leyéndome el pensamiento.

—Más te vale —le dije al mismo volumen, desafiante, y elevó la mirada de nuevo a la rendija.

—Adoro que te preocupes así por él —susurró.

Se quitó la linterna de la frente e hizo lo mismo con la mía. Sosteniéndolas en una de sus manos, terminó de rodearme con sus brazos y yo apoyé la cabeza contra su cuerpo, lo que nos hizo ganar un poco más de espacio cómodo. Aquello me devolvió a la mañana que casi me quedé dormida, sentada junto a él, después de haber pasado toda la noche redactando una propuesta para el trabajo.

‹‹—Lo siento —me disculpé al despertar de golpe, sintiendo que cabeceaba sobre su hombro.

—Tranquila, no pasa nada, puedes dormir un poco si quieres —dijo aún más cortado que yo, rascándose la cabeza››.

Salí de aquel bonito recuerdo de un brinco. Ni él ni yo éramos ya aquellas dos personas.

Con el sonido de lo que parecían metralletas disparando, llegó el alivio. Unos segundos después se hizo el silencio.

—Podrían ser ellos —susurré refiriéndome a quienes nos perseguían.

—Lo sé pero no puedo seguir contigo pegada a mí. Necesito respirar.

Abrió la trampilla y salimos trepando, comprobando que los Canes estaban muertos, con el corto pelaje marrón cubierto de sangre como la nuestra.

—Mira por dónde. —Escuché una voz masculina a mi espalda.

Dos tipos nos apuntaban con las mismas metralletas. Uno muy alto, calvo y con bigote tipo Dalí y otro regordete, con melena canosa y barba larga. Ambos trajeados de negro como si fuesen personajes de una peli de Tarantino, como los de anoche.

—¿Qué hacéis aquí? —preguntó Liam—. Deberíamos largarnos cuanto antes. Con el ruido de los disparos vendrán más.

—Ambros acepta la petición de una plaza más que hiciste anoche a través de Miki pero a cambio quiere una prueba definitiva de lealtad por tu parte. Está en el todoterreno.

—¿Entonces podré llevar a alguien conmigo? —preguntó Liam sorprendido.

—Al jefe le gusta cuidar a su gente.

—Vamos de camino a la ciudad. Si tú no encuentras la pieza, lo haremos nosotros.

—¿Cómo nos habéis localizado?

Ambos ignoraron su pregunta.

—¿Quién es ésta? —preguntó el calvo repasándome bien.

—Me ayuda a llegar hasta la válvula por la ruta más segura.

Hizo una señal al barbudo y éste prácticamente me arrancó la mochila. Rebuscó y encontró el mapa enseguida.

—Miki nos informó que un muchacho huyó y una zorra mató a Pablo. ¿No será ella?

—No, no es la de anoche —mintió como si hubiesen dicho una estupidez—. A esa la maté.

—Cárgate a ésta también y quédate con el mapa, ¿ves que fácil. Con esto ya estaría si quieres que te dejemos un margen de actuación porque de nosotros no te vas a despedir hasta que consigas la cosa esa.

—Oh, vamos. No voy a matarla por que sí.

El alto me empujó de rodillas y vi las estrellas cuando éstas tocaron la tierra cubierta de piedras.

—¿Quieres pasta? ¿La entrada directa al paraíso? —dijo—. Mátala primero para que nos vayamos tranquilos y encuentra la puta pieza para Ambros después.

—Es inocente, no tiene nada que ver con esto.

—Mátala… ¡y acabemos de una vez! —gritó tratándolo como si no entendiese nada.

Liam me apuntó con su arma a la cabeza. Dudaba. Se mantuvo callado, unos instantes, hasta que dijo:

—Me ha costado mucho llegar hasta aquí y no puedo rechazar llevarme a Álex y mantenerlo a salvo de por vida. Lo siento, Iris. De verdad.

Intenté ignorar las ganas de vomitar, las lágrimas y el pavor de que ese hombre volviese a acercarse a Álex.

Aquello me hizo reaccionar. No moriría sin luchar. Sin quemar el último cartucho. Y ellos no esperaban que me resistiese.

Pero cuando iba darme la vuelta para apartar el arma de un manotazo, como Héctor me había enseñado una vez, Liam me agarró el cuello desde atrás, impidiendo que pudiese moverme.

—¡Adelante, mátame de una vez! —grité viendo pasar la vida frente a mí.

Recargó el arma y cerré los ojos.

Disparó. Dos veces.

Abrí los ojos y los vi en el suelo, muertos. Yo estaba viva.

Apoyé las manos sobre la tierra y me eché a llorar, descargando la tensión.

—Vamos, levántate —me pidió con suavidad ayudándome a ponerme en pie—. Tenemos que irnos, ¿vale? Podrían llegar más.

Cogió el mapa de la mano muerta del alto y me lo entregó después de limpiar un poco la sangre.

—Lo siento. No hago más que joderte desde que he llegado —se disculpó sin mirarme a la cara—. Lo siento de veras.

No supe qué decir, aún en shock, pero lo cierto era que tenía razón. Y estaba agotada de tanta montaña rusa. Casi no podía ni pensar en ese momento.

Con una roca, golpeó la culata de la pistola que había llevado desde que se la entregaron a noche. En su interior había una pequeña pieza.

—¿Qué es eso?

—Un chip de rastreo. Por eso nos han encontrado.

Cogimos las armas y munición que llevaban encima y seguimos nuestro camino.

4 AVE FÉNIX

—Lavaos un poco —nos pidió Lidia dándonos paso a las duchas comunitarias del antiguo camping, en aquel momento vacías. Voy a ver si podéis usar algún bungalow libre.

—Gracias pero solo será una noche. Con una parcela nos valdría. —No quería molestar más de lo necesario.

—No os preocupéis. —Antes de cerrar la puerta, asintió y añadió—: Iván estará en su despacho en un rato. Os avisaré.

Liam le dio las gracias.

Acabábamos de llegar a Ave Fénix y tras una pequeña discusión porque debíamos dejar las armas en una consigna y él no quería, habíamos logrado entrar.

También parecían estar preparando la celebración del aniversario.

—Si estuviese aquí ya nos lo hubiesen dicho tus amigos, ¿no? —quiso saber, dejando la mochila sobre un banco.

—Sí. ¿Más tranquilo después de lo que hemos visto?

—No hasta que lo encuentre —respondió.

Una espiral marcada con labial rojo en el tronco de un árbol, justo frente a la entrada, nos había dado la pista. Era lo que usaban Héctor y él para comunicarse cuando salían a buscar recursos y debían separarse. El maquillaje era fácil de encontrar porque ya nadie se acicalaba tanto.

—Tal vez haya hecho un recorrido distinto y no se ha encontrado con Canes. Que haya llegado hasta aquí sano y salvo es la prueba.

Aquello no solo se lo decía a Liam sino que también a mí misma. Entendía por lo que estaba pasando porque era lo mismo que… casi lo mismo que sentía yo.

—¿Tienen agua corriente? —preguntó.

—Eso parece… Todo vuelve a la normalidad también por esta zona. De todas formas hagámoslo rápido. No quiero gastar más de lo debido.

Pensé en lo aterrador que resulta como una persona puede acostumbrarse a la violencia. La primera vez, con los hombres de la carretera, tuve pesadillas durante meses, Álex no, por suerte, porque estaba inconsciente cuando sucedió. Para Liam parecía incluso más habitual. Esperaba que el hecho de haber recuperado a su hijo le hiciese replantearse ciertas cosas.

Saqué algo de ropa limpia de mi mochila y vi que él hacía lo mismo con un par de prendas que le habíamos prestado.

—Ohhh siii… —Gemí apoyada en la pared ya bajo la ducha. El agua salía templada por el calor exterior, lo suficiente como para resultar agradable.

Seguidamente oí el agua correr a través de la que él ocupaba. El ligero olor de la pastilla de jabón de lavanda casera me tranquilizó un poco y disfruté de ese instante, agradeciéndolo con intensidad.

Detuve el chorro para enjabonarme bien.

—¿Me prestas tu pastilla, por favor? —Escuché a Liam en voz muy alta para que lo escuchase a través del sonido de su ducha.

—No creo que una simple pastilla de jabón sirva para limpiarte.

—Lo siento. Lo siento mucho. Todo esto es lo último que hubiese querido para vosotros.

Me agaché para ver cual ocupaba. Había solo una vacía entre la suya y la mía. Deslicé el jabón por el suelo de baldosas amarillas y vi su mano atrapándola entre los pies.

El agua de su ducha dejó de salir también.

—Ni por un momento pensé en matarte, te lo prometo. Cuando los vi por segunda vez supe lo que tenía que hacer.

—He oído hablar de Ambros. Quiere la tecnología de los Permanentes para sus planes. No quiero ni imaginar para qué. Cuentan que hizo tratos con altos mandos, no sé muy bien cómo. —Seguí restregándome el suave jabón en mi piel mientras hablaba—. Siempre pensé que eran chorradas, que alguien así no era posible. Ahora veo que es cierto. No se quedará con las manos quietas, Liam y tu hijo está metido en esto hasta las trancas. Tú lo has metido en esto.

—Lo sé, joder.

—¿Qué hubieses hecho de no haberte topado con nosotros?

—Les hubiese vendido la válvula por un pase a La Isla. Lujo, paz y anti Permanentes. Ese era mi plan.

—¿Y de verdad crees que hubiese cumplido su parte? Oí que le pareces muy útil. No creo que te hubiese dejado escapar sin más.

Ante aquello se quedó callado.

—¿Cómo la conseguiste? —No estaba segura de si quería saberlo.

—No he matado a nadie por ella si es lo que insinúas. Llevo años tambaleándome por el país, buscándome la vida como he podido y lo cierto es que fue una gran casualidad. El comerciante ya estaba muerto cuando lo encontré. Los que le atacaron solo querían comida y agua así que vi mi oportunidad. Ya había hecho tratos con Ambros a veces y sabía que su tecnología la paga con deseos. Solo quería alejarme de todo. Ellos me propusieron el lugar de entrega, ya te lo dije. Por el camino me topé con los esclavistas, como te conté. Como ves, no me ha ido tan bien como a ti, Iris.

—No sabes nada de mí.

—Te has mantenido cuerda hasta ahora. Eso ya dice mucho de lo que has podido vivir.

Dejé salir de nuevo el agua para enjugarme y cuando terminé cerré la ducha. Él hizo lo mismo casi al tiempo.

—Suerte, claro. Yo he tenido mucha suerte.

—Para empezar lo has tenido a él. Un motivo para salir adelante, luchar y superar toda la mierda que hayas podido tragarte de la mejor forma posible. Yo he estado solo. He visto morir gente, he pasado hambre, he matado.

—¿Y crees que yo no? Esa no es excusa. —Me sequé un poco el cabello con una de las toallas beige, que nos había proporcionado Lidia, antes de envolverme en ella.

—¿Entonces cómo lo haces? ¿Seguir alegre como si nada de esto estuviese pasando? —preguntó.

—¿Alegre? Sé perfectamente lo que está pasando pero cada día busco razones para estar contenta y te aseguro que a veces es duro, y difícil. He agradecido cada día con vida, cada día que Álex lo estaba —dije mirando las baldosas blancas de las paredes que nos separaban—. Cada momento de paz, cada comida que conseguíamos. Y cada vez que surgía un contratiempo me prometía a mí misma que sería la última vez que sucedería porque había aprendido la lección y si no era así, aprendería la siguiente vez. Se trata de sobrevivir en todos los sentidos, Liam. No solo físicamente. Dejarse llevar por el pesimismo para lamentarse sin hacer nada por cambiarlo, es muy fácil.

—Esto es la única cosa buena que me ha pasado desde hace cinco años. La única. Perdona que esté cagado por si lo pierdo otra vez y ésta de verdad.

Lo vi salir con su toalla rodeándole la cintura y acercarse a su ropa, a cierta distancia de la mía y sentí tristeza por él.

—La primera, Liam. La primera cosa buena. —Sentí la necesidad de animarlo, no sé muy bien por qué

Me dirigí hacia mis cosas, sobre una repisa.

—Yo no soy así —dijo.

—¿De verdad no ha habido ni un solo momento en todos estos años en el que tuvieses un momento de paz?

—Dímelo tú el día que tengas un hijo y pases cuatro años creyendo que está muerto. Y pensando que de haber estado con él en lugar de en una puta entrevista de trabajo en otro país, posiblemente estaría vivo.

Su dolor me hizo callar de la manera más absoluta y tuve que reprimir las ganas ponerme de puntillas y abrazarlo.

—Déjame reparar mi error —me pidió poniéndose la ropa interior bajo la toalla.

—Si le ha pasado algo a Álex… Si esos tipos de Ambros llegan a encontrarlo y le hacen daño…

—Has dicho que es listo. Y fuerte.

—Y lo es —dije desviando la mirada al tiempo que se desprendía de la toalla, pese a llevar ropa interior.

Vi de reojo que se ponía una camiseta y volví a la ducha buscando intimidad para vestirme. Sabiendo que pasarían siglos antes de ducharme de nuevo de esa forma.

—No confío del todo en ti, Liam. Creo que harás lo posible por llevarle la válvula a Ambros y conseguir tu isla lujosa y protegida. Eso incluye intentar convencer a Álex para que vaya contigo o llevártelo por la fuerza ahora que tienes permiso de tu jefe. Puedo soportar que te lo lleves pero no que lo obligues a algo que no quiera hacer.

—Merezco tu desconfianza pero te aseguro que eso ya no me interesa. Dejó de hacerlo el día que os encontré. Y no deseo nada de eso. Te debo muchísimo, Iris. Muchísimo.

—Pongamos que dices la verdad. Cuando todo esto acabe, ¿tienes pensado llevártelo contigo a otro lugar? —quise saber.

Cuando salí del hueco de la ducha ya vestida con una camiseta gris de tirantes y mis inseparables shorts tejanos, él lo estaba también.

—¿Llevármelo? ¿Te refieres a lejos de ti? —preguntó perplejo.

—¿Tan increíble te parece que piense que querrás ir a tu aire con él? Sé sincero.

Sonrió abiertamente y aquello me desarmó.

—¿Qué te hace tanta gracia? —pregunté.

—Que no has cambiado nada en todo este tiempo. Sigues siendo aquella chica insegura que no se enteraba de nada.

—¿Perdona? ¿Qué quieres decir con eso?

—Nada.

Quedé absorta en su expresión luminosa mientras guardaba algunas de sus cosas de nuevo en la mochila. Nueva para mí desde que había llegado. Una expresión que recordaba haber visto años atrás y anoche mientras hablaba con Álex pero algo menos intensa ahora.

Llamaron a la puerta. Era Lidia.

—¡El pájaro está en su nido!

—¡Vale! —le hice saber.

—¿Qué ha querido decir con eso? —preguntó extrañado.

—Son cosas nuestras. Vamos a hablar con Iván. Veamos si tu hijo ha pasado por aquí.

Rápidamente metimos todo en las mochilas y salimos de camino a la oficina, situada junto a la recepción, en la entrada.

El gran camping estaba saliendo adelante. Además de la zona de habitantes había otra destinada a viajeros y nómadas. Parecía un simple día de verano anterior a la invasión en un camping completamente normal, solo que con la piscina vacía que algunos niños utilizaban para patinar. Vi un par de perros. Un Border Collie y un Pastor alemán.

—No ha estado aquí, lo siento —respondió Iván mientras entrábamos con él a su despacho.

Tomó asiento frente a su gran mesa.

—¿Cómo es posible? Debería de haber llegado ya, ¿no crees? —me preguntó Liam.

—Tranquilo, hemos visto la señal, ¿recuerdas? Estamos en el camino correcto. Quizá haya evitado este lugar sabiendo que vendríamos. Quiere que sepamos que está bien pero no que le alcancemos.

—Es un orgulloso —dijo.

—No lo sabes bien.

Iván era tan alto y corpulento que todo parecía que le quedaba pequeño. Me fijé en que lucía tatuajes nuevos en sus bronceados brazos, ya quedaba poca piel visible en él.

Lidia entró entonces, terminando de trenzarse el cabello. Se hacía trenzas de boxeadora desde que la conocía. Pidió disculpas por llegar tarde y empezó a hojear sus papeles, de pie junto al musculoso Iván.

—Lo siento, ha llegado mucha cosa. No aceptamos nada de fuera sin que pase por mis manos —informó ella.

—Ave Fénix se encarga ahora de abastecer de recursos a los asentamientos cercanos y llegan víveres y utensilios necesarios casi todos los días —intervino Iván colocándose unas gafas que le hacían los ojos gigantescos pero que a la vez le iban pequeñas.

—No veo ni torta —dijo para sí mientras fijaba la vista en una libreta.

—Todo lo que repartimos debe estar en buenas condiciones. Vivimos de los encargos y trueques —explicó Lidia a mi acompañante.

—Venimos buscando a Álex. ¿Ha venido por aquí? —preguntó Liam a ella, como si esperase que le diese una respuesta diferente.

—Nah. La última vez que lo vi fue cuando pasasteis aquí unos días, en Navidad. Y de eso ya hace siglos —respondió dirigiéndose a mí—. ¿Qué edad tiene ya?

—Dieciséis —respondimos Liam y yo al mismo tiempo, y nos miramos con cierta complicidad.

—Os he conseguido la parcela. Cenad con nosotros, dormid, descansad un poco.

—No, nada de eso —espetó Liam.

—Nos quedaremos pero solo a cenar y dormir un poco —Lo miré a los ojos, desafiante.

—Está bien —respondió él a regañadientes.

Respiré hondo. En realidad no deseaba obligarle a nada que no quisiese hacer.

—Está atardeciendo y necesitamos comer algo y descansar. Sobre todo si vamos a seguir a pie, ¿no crees? —intenté hacerle entender—. Saldremos antes del amanecer, te lo prometo, pero si no quieres, cenamos, descansamos un poco y nos vamos.

Liam asintió algo más convencido.

—No, está bien así.

—No os lo recomiendo, hasta pasada la antigua carretera es mejor resguardarse de la oscuridad —aconsejó Lidia.

—Nos arriesgaremos —dije.

—No, no. Entonces saldremos cuando amanezca —intervino Liam.
«*Me parece bien*», pensé.

—Cenaremos nuestra comida. No queremos usar vuestros recursos —me ofrecí.

—No va a ser un gran banquete, como imaginaréis, pero lo compartiremos con vosotros con gusto. Ignoro lo que traéis, pero tenemos verduras frescas. Necesitaréis vitaminas —dijo Iván.

—Está bien, pero permitidnos al menos dejaros algo de lo que traemos antes de irnos. Será poco pero nos sentiríamos mucho mejor.

—¿Qué? —preguntó Liam fijando su mirada furiosa en mí.

—Es lo justo.

La velada transcurrió con tranquilidad después de montar la tienda y limpiar un poco nuestros enseres. Cenamos Iván, Lidia y su familia y tres personas más. El pan era lo único recién hecho que había. Lo demás, latas de conservas de todo tipo, cosas que habían podido recuperarse y encontrarse en expediciones. Lo poco que podía conseguirse tras el desastre. También disponían de algunos huertos, lo que nos permitió cenar la saludable verdura que nos habían prometido.

Viendo aquello me di cuenta de las ganas que tenía del traslado a otro lugar más fructífero, más lleno de vida que el árido desierto, y las pocas de vivir alejada de todo como Héctor quería. Necesitaba gente a mi alrededor. Sentir que no estaba sola.

No fue una cena copiosa ni mucho menos pero me supo de maravilla: patatas y algunas verduras asadas al fuego. Fue agradable. Seguíamos vivos y adelante y era lo que importaba. Pensé en mi asentamiento. ¿Qué les habría contado él? ¿Estarían bien?

El ambiente era distendido y el vino tinto me ayudó. Lo único lujoso de aquella cena junto a las pequeñas velas que iluminaban la terraza del bungalow.

Liam pareció relajado pero como siempre no demasiado, pese a haberse integrado por fin. Noté su mirada sobre mí varias veces, segura de que a su parecer disfrutar de algo en esta vida era imposible. Intenté no centrarme en él y conversar con los demás, en especial con un chico y una chica que acababan de llegar por separado. A ella la había visto ya antes, montando la tienda justo al lado de la nuestra. Intenté divertirme pero siempre terminaba buscándolo para intentar descifrar como estaba; si también pensaba en como estaría pasando la noche Álex.

Un largo rato después me sentí agotada y el vino me había dado sueño. Debíamos partir en pocas horas así que me despedí de Lidia e Iván y me dirigí a la pequeña tienda-iglú de campaña. La noche era más fresca en esa zona del país a pesar de ser verano y estaba deseando acurrucarme en mi saco de dormir.

Cuando llegué Liam ya estaba allí, lo que no me sorprendió porque llevaba rato sin verlo.

—Hola —dijo ya dentro de su saco pero incorporado y le saludé de vuelta—. ¿De verdad les has dado parte de nuestra comida?

Llevaba toda la velada esperando ese momento pero pensaba que la bronca sería mayor.

—Es lo justo, ¿no crees? Y tranquilo, le he dado solo de la mía.

—Ellos tienen verduras, ya lo has visto.

—Si tanto te molesta entonces cultiva tú también. Nadie te lo impide —sugerí mientras me quitaba el short bajo mi saco.

Calló y decidí permanecer en silencio hasta quedarme dormida pero después de unos segundos, la Iris que se esconde en mi interior, la que a veces parece actuar por sorpresa y sin pedir permiso antes, preguntó con suavidad:

—¿Lo has pasado bien?

—Sí, la verdad —respondió.

Lo miré sorprendida, ya tumbado a mi lado.

—¿Sí? ¿Has bebido demasiado?

Sonrió, captando la ironía.

—Yo también soy una persona.

El malestar que sentía se diluyó hasta desaparecer. Me di cuenta de que estaba siendo muy dura con él, demasiado. No era cuestión de plantearme qué hubiese pasado de no habernos encontrado, si hubiese hecho lo que tenía planeado; sino que el destino lo había traído a nosotros o nosotros a él y aquello lo había cambiado todo. Empezando por mí misma, obligándome a salir de la zona de confort que era mi asentamiento. Y que él tuviese otra forma de ver las cosas no lo convertía en una mala persona.

—Enséñame —dijo de pronto.

Y lo estaba cambiando a él.

—¿A qué?

—A no verlo todo siempre tan negro. A creer que a veces las cosas pueden salir bien y sacar algo bueno si no lo hacen. A volver a disfrutar de la vida.

—¿Eso quieres, Liam? En realidad no resulta fácil.

—Lo sé. Mira, sigo sin creer en ese plan loco pero ser tan pesimista no me ha dado resultado hasta ahora y encontraros fue un golpe de suerte. Quiero creer que puedo hacer que las cosas vayan mejor.

—Vale, te ayudaré. —Dudé un instante y solo cuando Liam apagó la lucecita de su lámpara de gas, dije—: Si a cambio tú me enseñas a no tener tanto miedo.

—¿Tienes miedo? No lo he notado —pareció responder con sinceridad.

—Finjo muy bien, sobre todo delante de ti —me costó confesar—. No salía de mi asentamiento desde que llegamos. No tuve más remedio que sacar coraje para todo lo que sucedió, como todos. Me han pasado cosas, una en especial, sí, y en aquel momento fui valiente pero en cuanto nos asentamos, no quise volver a salir. Cambié por completo, lo que antes encaraba sin problemas ahora me asusta. Es la primera vez que veo el exterior en tres años.

—¿Y Héctor? ¿Él no te ayuda a superarlo?

—Él respeta mi decisión. Me protege, quizá demasiado, es cierto, pero lo hace por mi bien.

—¿Tú crees? Yo diría que te controla.

—No, te equivocas.

—Desde fuera es la sensación que me ha dado.

—Pues no, para nada. Ahora intentemos dormir un poco. Nos quedan tres o cuatro días de camino, como mínimo, y no vamos a tener más oportunidades de dormir varias horas seguidas sin que uno de los dos esté de guardia.

Unos repentinos gemidos en la tienda de campaña contigua me hicieron sonreír. Estaban disfrutando realmente de la noche. Resultaban verdaderamente sugerentes.

—¿Los oyes? —Escuché a Liam en la oscuridad.

—Imposible no hacerlo. Creo que es el chico que se sentaba a su lado en la mesa. Se notaba que se llevaban bien.

—No han perdido el tiempo, desde luego. —Rio algo cortado.

—Tal y como están las cosas es lo mejor que pueden hacer.

—Lo sé, lo sé.

Se aclaró la garganta.

—¿Lo echas de menos? Me refiero a Héctor.

—Ajá. —No me había separado de él desde que nos conocimos pero lo cierto era que no tanto como creía que lo haría.

—Siempre dices Ajá cuando quieres evitar hablar de algo.

—¿En serio?

—Ya lo hacías antes de los extraterrestres.

Gemidos aumentando.

—¿Es que no estás enamorada de él? —preguntó.

—Es el hombre de mi vida.

—¿Y el amor de tu vida? Porque son cosas distintas.

—¿Tú crees que es distinto?

—Por supuesto que sí. ¿Tú no?

Me di cuenta de a qué refería. El hombre o mujer de tu vida es alguien importante en ella, alguien con quién has compartido y compartes mucho. El amor de tu vida podía ser alguien con quién solo hubieses pasado unos días u horas, alguien por quien hubiese sentido Amor con mayúscula. No siempre se unían ambas cosas. Igual que querer y amar, o querer y estar enamorada. No era lo mismo.

—Nunca lo había visto así. De todas formas a ti eso no te importa. Buenas noches.

—Tienes razón, no me importa mientras no salpique a Álex. Buenas noches. —Lo dijo como si nada, pero lo dijo.

Noté que se daba la vuelta para dormir dándome la espalda.

Poco después me dormí yo.

5 LO QUE MUEVE EL MUNDO

Salimos al amanecer sin que sucediese nada relevante. No nos encontramos apenas con nadie más por el camino a parte de algún comerciante nómada, cosa que agradecimos. Nos aseamos en riachuelos y fuentes naturales y pasamos las noches en gasolineras y granjas abandonadas y semidestruidas, siempre por turnos por si teníamos "visita".

Fuimos encontrando señales de Álex durante los dos días siguientes. Tal vez llevaba dejándolas antes de descubrir la primera, quizá tuvo que abandonar su motocicleta antes que nosotros y no nos sacaba tanta ventaja.

Durante el camino hablamos sobre todo de él. Yo le conté cosas postapocalípticas y Liam pre apocalípticas de antes de sus once años.

Después tocó el turno de hablar sobre nosotros.

La mayoría no sentíamos remordimientos por todo lo que habíamos hecho para sobrevivir, y aceptábamos el cambio que se había producido en nuestro interior pero a él parecía pesarle. Quizá aquello era lo que hacía que quisiese estar siempre solo y que, incluso ahora, le costase desprenderse de ello.

—Has llegado hasta aquí vivo, Liam. Y si no me has engañado, no has hecho daño a nadie a no ser en defensa propia, como hemos hecho todos.

—No te he mentido, pero he robado a gente cosas que necesitaba sabiendo que aquello no estaba bien. ¿Has hecho tú algo así?

—No, nunca.

—Pues yo sí. He intentado que no me importe nadie más durante todo este tiempo.

—¿Has dejado a alguien sin comida alguna vez, por ejemplo?

—Jamás.

—¿Puedo decirte algo? Creo que te sientes culpable. Por eso crees que no te mereces que te pase nada bueno. Por eso temes acercarte a la gente. Piensas que no los mereces y que los vas a perder. Pero ahora sí tienes a alguien.

Sentía aquello de verdad después de pasar tanto tiempo juntos y de haberme puesto en su lugar y entendido sus motivaciones para actuar, para trabajar de contrabandista para Ambros. Mi opinión sobre él había cambiado y la relación entre ambos era más cercana. Intentaba hacerle ver que todo era posible.

—Es fácil encontrarle sentido a la vida cuando todo va bien. Lo difícil es cuando todo va mal. Cuando no entiendes por qué pasan ciertas cosas —dijo—. Temo no estar a la altura de cuidar de Álex y a la vez de perderlo.

—Debes disfrutar cada segundo de lo que has recuperado, ¿comprendes? Y aferrarte a ello como si te fuera la vida. Tu hijo es la prueba de que a veces pasan cosas buenas. Tú mejor que nadie deberías saberlo.

—Lo sé —dijo, y fui plenamente consciente de que lo tenía de nuevo frente a mí. Vivo.

Enmudecí ante aquel pensamiento mientras sentía que mis mejillas se teñían de color.

Él sonrió mirándose los pies.

Y creí, durante un segundo, que había viajado en el tiempo.

Lo encontramos un buen rato después. Un bunker subterráneo.

No nos serviría para pasar la noche por ser demasiado peligroso en caso de ataque por parte de quien fuera pero podíamos echar un vistazo rápido por si encontrábamos recursos.

Bajamos la escalinata metálica con nuestras linternas frontales después de abrir costosamente el portón oxidado y nos aseguramos, armas en mano, de que no había nadie más. Encontramos una pequeña lámpara de gas que funcionaba. La llevaríamos con nosotros sumándola a la que ya teníamos.

Era un bunker sencillo pero que probablemente había alojado a dos o tres familias. Lo primero que encontramos fue el salón comedor y alrededor de éste las habitaciones, una cocina y un baño con dos duchas. Todo saqueado y desvencijado.

—¿Puedo preguntarte qué le pasó a tu oreja? —pregunté.

—Un perro hambriento.

—Lo siento.

—En realidad pudo ser mucho peor.

Sonreí y me devolvió la sonrisa.

Llegamos hasta la despensa a través de una puerta en la cocina. Liam dejó la lámpara sobre la mesa junto a la pistola y la escopeta.

—Mataría por una pizza —dijo.

—Yo también. —Suspiré.

—Sesión de cine en casa, una pizza y unas cervezas. ¿Qué me dices?

—Te digo que sí —respondí dejándome llevar por aquella fantasía.

Cerré los ojos un instante, visualizando aquello, pero cuando me di cuenta de que verme así con él me hacía sentir demasiado bien y de que tenía la piel del brazo derecho completamente erizada, me obligué a abrir los ojos.

—Durante todos estos años no he dejado de preguntarme qué hubiese pasado de no haber estado en Escocia por entonces. Si estaría vivo o muerto. Nunca creí que volvería a verte. Y mucho menos todo esto contigo. ¿A ti no te sorprende? Nunca me has dicho qué piensas.

—Sí, claro que me sorprende, pero, Liam, ¿nunca tuviste la sensación durante aquel tiempo en el que coincidíamos, que todo se movía a nuestro alrededor para que eso pasara? —Cerré un pequeño armario con una araña como inquilina y lo miré para hablar, con la confianza que ya nos teníamos—. No solo te vi cuando nos encontrábamos a diario en el metro. También te vi varias veces por toda la ciudad, incluso antes de empezar a conversar.

—¿En el desfile de Carnaval, por ejemplo?

—¿¿Tú también me viste?? —pregunté sorprendida.

Rio.

—Llevabas una diadema con orejas de Minnie aquella tarde. Ibas con una amiga. Y ahora que lo dices yo también te vi algunas veces sin que me vieras. Sí que pensé que algo raro pasaba contigo pero los tíos no le damos demasiadas vueltas a esas cosas.

Sentí de nuevo aquel calor en el pecho y mi corazón se disparó.

—¿Por eso dices lo del Universo? —preguntó.

—No. Bueno... sí. Me di cuenta la tarde que el asiento a mi lado era el único libre en un vagón atestado y viniste a sentarte. Nunca cogía el metro a esa hora pero había olvidado los guantes en el despacho y volver a buscarlos me hizo perder el anterior. La tarde que Álex iba contigo.

—Ya hablábamos por entonces.

—Sí, y tú llevabas días sin aparecer así que pensé que había dicho alguna estupidez en algún momento y preferías otro vagón. He de confesar que cuando te vi entrar intenté ocultarme acurrucándome contra el señor de delante pero cuando quise darme cuenta ahí estabais. Ese momento fue mi punto de inflexión. Entonces fui realmente consciente de que entre nosotros había algo que me moría por averiguar. —Cerré los ojos con fuerza, dándome cuenta de lo que acababa de confesarle pero él no pareció darle importancia o no me había escuchado.

—Aquella tarde yo tampoco debía estar allí. La madre de Álex debía llevarlo a una fiesta de cumpleaños y le surgió un imprevisto, así que lo llevé yo. No desaparecí porque quisiera y me alegró volver a verte. Además, luego volvimos a coincidir varias veces más. —Me pasó un sobre de sopa caducada que acepté y guardé en mi mochila—. También he pensado en ti muchas veces cuando recordaba mi vida anterior pero no esperaba volver a verte. Las posibilidades eran casi nulas.

Asentí, porque lo eran.

La luz de la linterna frontal de Liam parpadeó.

—¿Qué tal si las guardamos y utilizamos la lámpara? —propuso desprendiéndose de su luz mientras yo hacía lo mismo y encendía costosamente la reciente adquisición.

Apoyó la mochila sobre una repisa para introducir su linterna pero debió hacerlo mal y ésta cayó al suelo abierta, con parte del contenido de su interior.

Le ayudé a recogerlo todo y me detuve de pronto con uno de los objetos en mi mano.

Lo observé como ida, sin creer lo que veía.

—Aún lo conservas —dije mirándolo a los ojos mientras lo sostenía en mi mano.

«—Toma, te dará suerte en la entrevista. Lo encontré hace unos meses y lo plastifiqué yo misma para conservarlo. Puedes llevarlo en la cartera.

—Pero es un trébol de cuatro hojas. Son muy difíciles de encontrar, casi imposible en una ciudad. Incluso creo que es la primera vez que veo uno. No puedo aceptarlo.

—Bueno, pues devuélvemelo cuando regreses. Y si te funciona encontraré otro para ti.

—¿Encontrar uno dos veces? Eres muy optimista —Rio y me

encogí de hombros—. No, te lo devolveré aunque me de suerte. Gracias».

—Sí. Casi imposibles de encontrar —respondió mirándome a los ojos—, como vosotros. Es cierto que dan buena suerte.

—Es la energía que tú le das a ello. No el objeto en sí, ya te lo dije. —Se lo devolví.

Temblando, me di la vuelta para dejar de mirarlo.

—Quedamos en que te lo devolvería. Llevo días pensando en hacerlo.

—No, quédatelo.

—¿Es porque crees que mi energía está en él? Estoy empezando a entender cómo funciona esto. Aún soy muy negativo, ¿es por eso?

—No, no es por eso, Liam.

—Te pedí que me enseñes a ver este mundo de forma distinta y aceptaste.

—Y lo estás haciendo muy bien, de veras, pero quédatelo, no tiene importancia, de verdad —intenté disuadirle.

Descubrir que había guardado algo mío durante tanto tiempo me hacía pensar que tal vez me había recordado cada vez que se topaba con él entre sus cosas, como yo había pensado en él cuando miraba a Álex. Puse la mano sobre mi busto. El calor interior se había traspasado a la piel. No podía suceder. No podía sentir de nuevo aquello por él.

Ahora no. Ya no.

El sonido del portón oxidado nos obligó a quedarnos inmóviles.

—Esa es la única salida —dije mirando hacia allí.

—Estamos en la despensa. —La única razón por la que escuchaba a Liam era porque estábamos muy cerca—. Será el primer lugar en el que mirarán para buscar comida.

—No sabemos si son Permanentes o humanos. Podrían ser simples viajeros.

Cogimos las armas y nos acercamos despacio al marco de la puerta pero antes de ver quién entraba a la zona del comedor, la respuesta llegó de inmediato: mi cuerpo empezó a vibrar.

Era un Tóxico.

Se alimentaban de la energía vital humana, directamente. Habían sido repudiados por los de su propia especie por ello pero a su vez muchos humanos habían empezado a imitarlos. Como antiguas tribus, sus esclavos comían carne humana para adquirir la energía y los acompañaban siempre para comer las sobras.

Pero este iba solo. Su lánguido y amarillento cuerpo casi idéntico al humano, se desplazaba flotando entre las mesas del comedor dentro de una siseante burbuja energética que actuaba como escudo protector y contra el cual las armas humanas no servían.

Sabía perfectamente que estábamos allí. Probablemente nos había percibido por la conversación que acabábamos de tener y no se detendría hasta encontrarnos. Me dolía el cuerpo pero la vibración aún era controlable.

—Dios, Iris. —Liam se observaba a sí mismo, vibrando también pero con menos intensidad.

Durante una décima de segundo me alegré por Liam. Si vibraba significaba que estaba logrando sentirse como deseaba, pero optar por mantenernos positivos y liberar las emociones era un arma de doble filo porque nos hacía vulnerables. Todos lo sabíamos.

Nos pegamos a la pared, tras la puerta abierta, fuera de su campo de visión.

—Escucha. Voy a salir. A entretenerle y tú sales de aquí, ¿de acuerdo? —susurré.

—No. Eso no es una opción.

—Es la única opción. Sálvate tú. Coge las mochilas con el mapa y ve a buscar a Álex. Cuida de él, Liam. Quizá volvernos a encontrarnos ha sido para esto.

—Olvida esas chorradas espirituales de una vez —dijo visiblemente enfadado—. No pienso dejar que hagas algo así.

—Si no salgo de esta, dile que lo quiero muchísimo —dije saliendo de la despensa, sin darle más tiempo para hablar.

Al menos uno de los dos debía tener la oportunidad de seguir con el viaje.

Corrí entre las mesas divisando al Tóxico al otro lado del comedor. Algo en mi interior se veía atraído hacia él con una fuerza que debía resistir. Salí de la estancia sintiendo como me perseguía. Solo tenía que ser más rápida, escapar de allí para que saliese tras de mí. Sabía que no se detendría hasta lograrme. Lo bueno era que parecía no haber percibido a Liam por el momento, ni siquiera debía saber que estaba allí.

‹‹*Por favor, que no salga. Que no haga nada. Que no haga nada* ››, rogué.

Subí la empinada escalinata hacia el exterior apuntando con la escopeta. No descartaba que el esclavo humano que siempre los acompañaba estuviese en el exterior, aunque tal y como vibraba todo mi cuerpo mi puntería no serviría de nada.

Salí sin pensar que mi perseguidor se elevaría sin problemas por la escalinata, más rápido que yo.

Y así lo hizo. Atrapándome de la coleta, elevándose sobre mí, bajo el atardecer. Me lanzó contra la hierba, ya con el escudo protector descubierto. Con los dos tentáculos casi transparentes que salieron de la parte alta de su espalda, me arrebató el arma, lanzándola al suelo y me sostuvo en alto para escanearme con el haz de luz blanca que salía de sus ojos vacíos y blancos, sin iris ni pupila, a fin de saber de dónde extraer la energía.

Empezando por los pies, continuó subiendo por mi cuerpo paralizado. Cuando la luz pasó sobre mi ombligo ésta se tornó amarilla y me debilité. Continuó subiendo sin encontrar nada hasta que se detuvo de nuevo en mi frente haciendo que la luz se tornara violeta y un grito desgarrador salió de mis entrañas.

Me moría.

Vi borrosamente a Liam acercarse a él sigilosamente, por detrás, apuntándolo con su pistola y volví un poco en mí.

Ya estaba muy cerca de nosotros cuando pareció pensárselo mejor y sacó su cuchillo de la funda del pantalón. El Tóxico se detuvo de golpe cuando una intensa luz verde que no había captado hasta ahora empezó a emanar de mi pecho de pronto, desconcertándonos a ambos.

Lo suficiente como para que bajara la guardia un instante y Liam tirase de su cabellera larga y gris hacia atrás y le rebanara el cuello.

El Tóxico cayó muerto en el acto y yo junto a él.

—Temía que la bala atravesara su cuerpo y te diera. ¿Estás bien? —me preguntó, apartando con la mano la humedad de mi cara, que resultó ser la sangre amarilla del ser.

Asentí, aún muy débil.

—Gracias, Liam.

—¿Gracias? No te he salvado por hacerte un favor.

—Necesito descansar.

—Lo sé, y está anocheciendo. Has sido muy valiente. Estúpidamente valiente, Iris.

—¿Sí? — Sonreí.

—Buscaremos un buen sitio cerca para descansar, ¿de acuerdo?

6 DESCENSO A LOS INFIERNOS

Aquel amanecer había despertado deseando disfrutar del lugar que nos rodeaba después de lo sucedido la tarde anterior. Ya recuperada.

Por si lo sucedido en el bunker no hubiese sido suficiente, por el camino tuvimos que ocultarnos tumbados boca abajo sobre la hierba alta, de Ambros y dos de sus hombres. Viajaban en otro todoterreno negro que permanecía detenido en el camino mientras el mafioso orinaba junto a un árbol con la marca de Álex en su tronco. Que ésta estuviese justo al lado de la carretera casi aseguraba que probablemente seguía con la moto.

Llena de curiosidad por haber oído hablar tanto de él, me asomé un poco pese a estar a media distancia. Era un hombre menudo, de unos cincuenta años. Afeitado y limpio, no parecía pasar penurias; bien alimentado como sus dos guardaespaldas, mucho más corpulentos que él. Uno de ellos estaba también fuera del coche, fumando.

—¿Qué hacen aquí?

—No va a detenerse. Quizá debería entregarme.

—¿Eso hará que deje de buscar la válvula y a Álex?

—No.

—Entonces no serviría de nada. Tu hijo te necesita, aunque ni él mismo lo sepa.

—Me gusta que digas eso —dijo sonriendo.

—Es la verdad.

Cuando se alejaron lo suficiente nos apartamos del camino y seguimos nuestra ruta, siempre alerta.

Acampamos frente a una poza natural que ya había visitado con Álex durante el viaje al asentamiento y habíamos pasado la noche allí. Me costó dormir mi parte de la noche, pero finalmente lo conseguí.

Aquel amanecer sentí la necesidad de unirme a la naturaleza de aquel precioso rincón, tan diferente a mi hogar post apocalíptico. Era de los pocos lugares que, afortunadamente, no parecía haber sido tocado por la Succión.

Me di un rápido y frío baño con la pastilla de lavanda sin perder la tienda de vista, donde Liam seguía durmiendo. Me recogí el cabello y me puse otra ropa. Situada en una gran roca en la orilla, junto a la cascada, me senté en la posición de loto, abrí bien los ojos, respiré hondo e intenté mantener mis pensamientos alejados para conectar conmigo misma y con la Tierra. Escuchando los sonidos que me rodeaban, observando los rayos de luz a través de las hojas de los árboles, la espuma del agua, todo lo que me rodeaba. Nos habían robado la energía vital, la espiritual destruyendo a la mayoría de la población, era cierto, pero la naturaleza renacía imparable como siempre había hecho y nosotros estábamos conectados a ella.

Fue muy difícil relajarme con todo lo que tenía en la cabeza: la preocupación por Álex, qué nos encontraríamos en la ciudad, si llegaríamos a salvo, si era Liam quién tenía razón y nunca lograríamos vencer. Luchaba constantemente apartando esos pensamientos y volviendo a conectar con mi respiración una y otra vez hasta que por fin pude concentrarme y relajarme durante varios minutos, cerrando los ojos.

Hasta que lo sentí tomar asiento a mi lado, notando a la vez un maravilloso olor a moras silvestres que me obligó a abrirlos.

—Buenos días —saludó él.

—Buenos días. —No podía dejar de mirar la gorra llena de moras—. ¿Dónde las has encontrado? Creía que dormías. ¿Cómo…? He estado todo el tiempo mirando hacia la tienda.

—He salido mientras entrabas en el agua. —Me acaloré, preguntándome si me habría visto desnuda—. ¿Has terminado? —preguntó sacándome de mis pensamientos—. Las he lavado.

—Sí, he terminado—. Me apoyé en mis brazos con las palmas de las manos sobre la roca y estiré las piernas.

—Hueles muy bien —observó metiéndose una en la boca.

—Gracias. —Escuchar aquello de sus labios me hizo sentir coquetamente bien.

Me las ofreció y las comimos con tranquilidad.

—Podríamos volver aquí con Álex —dijo.

—Sí, estaría bien.

—Y con Héctor, claro. ¿Es bueno con él?

—Si no lo fuera no lo dejaría ni entrar en casa, Liam.

Aunque lo cierto era que después de unos meses conviviendo y especialmente de su reacción en los últimos días, empezaba a tener dudas.

—Pudiste dejarlo con alguna asociación para que cuidaran de él, al menos en Edimburgo las había.

—Nunca se me ocurrió, la verdad.

Era cierto, nunca se me pasó por la cabeza separarme de él, dejarlo con nadie que no fuese alguien de su familia de haberlos encontrado vivos.

—¿Puedo decirte algo personal… otra vez?

Asentí.

—A veces hablas de tu relación con Héctor como si fuese solo un amigo, por eso te dije aquello la otra noche, pero quizá sean formas de expresarte.

No me molestó su comentario Nuestras conversaciones habían tenido desde siempre cierta intimidad, desde el principio, cuando apenas nos conocíamos, y después de todo lo sucedido desde que iniciamos el viaje sentía que aquella afinidad crecía cada vez más.

—Héctor ha estado siempre ahí —respondí—. Vemos la vida de la misma forma y puedo confiar en él.

‹‹Pero es cierto que aunque tenemos nuestros momentos de pasión y calma mi necesidad, no ardo por él. Nunca lo he hecho››.

Liam era la última persona con quién me apetecía hablar de ese tema en concreto y me quedé callada unos instantes. Él me acompañó en aquel agradable silencio solo interrumpido por el sonido del agua y de algún pájaro. Hasta que intervino, cambiando de tema:

—Oye, sea lo que sea lo que hayas estado haciendo, yo quiero también.

—¿Hablas en serio?

—¿Cuántas veces necesitas que te lo repita? Quiero que me enseñes.

—¿A pesar de lo que pasó ayer en el bunker? ¿Estás seguro de que es lo que deseas?

—Estoy seguro. Vamos, estás súper relajada ahora mismo.

—Pues sí. —Las moras habían hecho que me encontrase todavía mejor.

—No me creo capaz de dejar la mente en blanco.

—No se trata de eso, sino de aprender a lograr que los pensamientos no te controlen y apartarlos para centrarte en el momento. Solo tienes que verlos pasar. Concentrarte si quieres en lo que ves y escuchas. Con los ojos abiertos. Aquí, además, es perfecto.

Asintió con interés.

—Vamos, trae ropa limpia si te queda algo. Te darás un baño primero.

Nos pusimos en pie y le indiqué que lo esperaba allí.

Disfruté de aquella sensación de calma y paz. Paz que se vio truncada de golpe por un pensamiento repetitivo:

«*Cogerá a Álex y se lo llevará lejos. Al fin y al cabo es su padre*».

¿Sería eso cierto? ¿Era mi intuición la que me avisaba o solo mi cerebro? Confiaba ya en él pero de vez en cuando me asaltaban pensamientos como ese. Enseguida aparté aquello de mi cabeza, aplicándome el cuento.

—Vamos allá —dijo al volver.

Estaba realmente decidido y me encantó.

—Desnúdate y métete en el agua —le pedí, no sin cierto revuelo en mi interior.

—Debe estar helada.

—Tienes que darte un baño.

Obedeció sin rechistar. Me di la vuelta mientras lo hacía y solo volví a mirar cuando cesó la agitación que su cuerpo causaba mientras se adentraba en la poza.

—¡Joder, qué fría está!

Le lancé la pastilla de jabón.

—¡¿Se supone que debo disfrutar de este momento de congelación matutina?! —preguntó divertido.

Adoraba verlo así. Y la situación me pareció muy graciosa mientras lo observaba desde la roca, desnudo bajo el agua y muerto de frío mientras se frotaba con la lavanda. Sus rasgos se habían endurecido en general, igual que los míos, debido a que tenía cinco años más y a todo lo que había pasado pero lo encontraba igual de atractivo que entonces, puede que incluso más por esa aura extraña de "de entre todas las personas que he conocido en mi vida, te he reencontrado a ti".

—¡Vamos tipo duro! —grité intentando apartar lo que sentía— ¡Siéntete vivo!

—¿Por qué no vienes aquí conmigo? —preguntó desafiante, salpicándome.

Al oír aquello quise hacerlo realmente y me atreví a admitir que todavía lo deseaba. Más incluso que antes. Hacía años que no me sentía así y él había sido el último hombre al que había deseado antes de la invasión. Verlo frotándose con la pastilla cubierto de jabón estaba empezando a excitarme de verdad. Y durante un fugaz instante tuve la sensación de que él lo sabía.

—Porque ya me he dado un baño —le respondí finalmente tras un pequeño silencio.

Solté una pequeña carcajada pero se cortó de golpe al sentir un pinchazo en la parte trasera del cuello. Me tambaleé mientras gritaba de dolor.

No del físico, sino interior. Rompí a llorar arrodillándome en el suelo, sintiéndome desgraciada y desolada por segundos.

Vi, a través de la cortina borrosa de mis lágrimas, salir corriendo a Liam del agua y ponerse el pantalón con velocidad sobrehumana. Llegó hasta a mí, casi sin que me diera cuenta.

—¿Qué te pasa? —No entendía nada y yo tampoco.

Su piel fría y mojada me abrazó bajo el sol de la mañana. Yo estaba inconsolable hasta que me calmé, solo en parte, estirándome de lado y apoyando la cabeza sobre sus piernas.

Cientos de emociones negativas, algunas que ni tan siquiera había experimentado antes, salieron a la superficie en cientos de combinaciones distintas, sin saber muy bien desde qué lugar de mí misma.

Liam me acarició el cabello todavía húmedo pero de pronto se detuvo.

—¿Qué tienes ahí? Ponte boca abajo.

Obedecí y acarició la zona en la que había sentido el pinchazo.

Había olvidado el pinchazo.

—Alguien te ha disparado un dardo líquido. Debe de haber uno de ellos por aquí. Por eso estás así. Es un efecto de la toxina alienígena.

Me incorporé como pude, sentándome a su lado.

—Todo es inútil. No conseguiremos el antídoto antes de llegar a la ciudad, ni allí tampoco, ¿no lo ves? Me moriré de pena.

—Tu cerebro está mal. Nada de lo que sientes es real.

—Para mí lo es.

—Pero no es así. El veneno ha eliminado la dopamina de tu cerebro y todas esas mierdas. Lo que de verdad sientes sigue dentro de ti. Está bien guardado para cuando ellos te encuentren.

—Dios mío. ¿Y si le ha pasado lo mismo a Álex? ¿Y si pasó por aquí y le dispararon?

—Intenta ser positiva. Sé que cuesta pero inténtalo. —Me tomó por los hombros—. Escucha: nada de lo que piensas ni sientes es real. Es por el disparo, te lo repito. Y uno: si alguien puede luchar contra ese veneno y ganar tiempo eres tú. Dos: Siempre dices que no hay que perder la esperanza y confiar en que todo saldrá bien. Pues ahora mismo yo estoy en ese punto. No queda tanto para llegar a la ciudad. Seguro que tu amiga tiene algún antídoto.

Sonreí débilmente, mirándolo. Durante una décima de segundo una casi imperceptible sensación de alivio apareció, pero desapareció enseguida cuando caí en que…

—Alguien ha disparado ese dardo, Liam.

—Lo sé, estaremos preparados.

—Tú también empiezas a ser vulnerable ante ellos pensando así, ¿lo sabes?

—Lo sé bien. Vamos.

Mi preocupación por él en ese instante se sumó a las que ya tenía y a esas, además, el miedo a enamorarme de él y que no me quisiera, que acabase por dejar a Héctor y se suicidara, el hecho de que Álex lo acabara prefiriendo, que Liam se fijara en Sabrina y ella también en él, cosa que me provocó unos celos terribles… el torrente de pensamientos absurdos y negativos no cesaban, apareciendo en mi cabeza como rayos que en aquel momento para mí tenían todo el sentido del mundo.

Se puso una camiseta blanca sobre el cuerpo aún mojado y me ayudó a levantarme.

Casi no podía moverme, era como tener un peso encima de la piel. La toxina iría minando mis ganas de vivir hasta eliminarlas por completo y apagarme, si no me capturaban antes para alimentarse.

Recogimos nuestras cosas y empezamos a caminar. Si todo iba bien llegaríamos hasta las afueras de la ciudad bien entrada la noche pero tampoco sabíamos qué nos encontraríamos allí.

Ni si llegaríamos con vida.

—Vamos, háblame de ti, de cosas que te hagan feliz. ¿Qué te gusta hacer? O ¿Qué te gustaba hacer antes de todo esto? Además de la pizza, el cine y las cervezas.

—No me apetece hablar.

—Iris, por favor…

—Lo que a todo el mundo. —Accedí a contarle—. Leer, ver series, la música, la playa al atardecer...

—Me hubiese gustado hacer todas esas cosas contigo.

—Solo lo dices para que mejore. ¿Antes o después de haberte largado a Edimburgo? —pregunté enfadada recordando el miedo a no verlo más si se iba, mezclado con el de atreverme a pedirle una cita de una puñetera vez si volvía.

—La oportunidad de trabajar en Edimburgo era genial por una parte pero jodido porque me obligaba a renunciar a cosas que no quería dejar atrás pero a la vez debía dejar atrás para no complicar mi vida aún más.

—¿Te refieres a m…?

—Sinceramente…—se apresuró en interrumpirme—, no sé qué hubiese pasado de no haber venido ellos. ¿Cambiamos de tema? No creo que hablar de eso te ayude.

Oímos crujir una rama y nos detuvimos, Liam preparó su arma e inspeccionó nuestro alrededor pero no escuchamos nada más y seguimos avanzando, atribuyéndolo a algún animal inofensivo.

Caminamos sin descanso y cuando paramos a comer rompí a llorar debido al cansancio físico y mental.

—Estoy débil —sollocé sintiéndome una estúpida—. Déjame aquí. Solo te retraso.

—No digas tonterías. Seguiremos un trecho más y encontraremos un lugar en el que pasar la noche. Ya queda menos para llegar a la ciudad.

—Así no encontrarás a Álex.

—Come y bebe un poco. Te vendrá bien.

—No tengo hambre. —Golpeé un mosquito en mi cuello—. Encontrarás a Brina y te enamorarás de ella, es una mujer muy guapa. Y será perfecto porque así Álex y tú podréis estar juntos.

—¿Te estás escuchando? ¡Dices cosas sin sentido! —prácticamente gritó pero después suavizó el tono—. No voy a enamorarme de nadie.

—Ya lo sé. Soy una estúpida, perdóname.

Aquella última frase solo añadió más negatividad a la que ya tenía porque se mezcló el pensamiento con la culpabilidad por haber soltado aquella idiotez. La bola de nieve parecía hacerse cada vez más grande e imparable. La sensación en aquel momento ya era insoportable.

—Voy un segundo al baño. Aquí mismo. Cuando vuelva me gustaría que hubieses comido un poco al menos. Te lo pido por favor. Alimentarte frenará un poco el proceso.

—Casi no nos queda comida.

—Por favor —suplicó de nuevo.

Mientras escuchaba orinar a Liam bastante cerca, asentí para mí, sin ganas, y aparté otro mosquito de mi pierna. Lo que hizo que mi mirada cayera sobre el cuchillo que llevaba en la cintura.

‹‹*Debería quitarme de en medio de una vez. Así llegará antes hasta Álex y no se le gastará la comida. Y yo descansaré de todo esto que siento porque no puedo más. ¿Qué más dan unas horas menos de vida?*››

Lo extraje del cinto poco a poco y apoyé la punta sobre la muñeca. En algún libro había leído que la forma correcta era en vertical hacia el codo. Debía hacerlo rápido, así Álex no podría hacer nada. Liam, quería decir, ya no sabía ni pensar…

Atravesé la piel sintiendo el dolor y haciendo que brotara un poco de sangre. Respiré hondo entre lágrimas y presioné para luego rasgar.

El fuerte dolor de un manotazo hizo que sintiera calambres en ambas manos. El cuchillo salió lanzado a un lado.

—¡Dios! ¡Dios! —Liam me tomó las muñecas.

—Te retraso —intenté explicar mirándolo a aquellos ojos terriblemente asustados—. Ya no estás tan seguro de que esto vaya a acabar bien, ¿eh?

Negó con la cabeza pero no fue una respuesta a mi pregunta. Rebuscó en su mochila y extrajo una cuerda.

—Odio tener que hacer esto, Iris.

Me ató fuerte pero con cuidado, lo que activó el recuerdo que llevaba dentro.

—Ya me han atado así —dije—. Al menos tú eres amable.

—¿Qué? ¿Antes de conocerme? —Me ayudó a levantarme—. ¿Te va el bondage? ¿Cincuenta sombras de Grey? —preguntó intentando ser divertido mientras emprendíamos la marcha.

—No. Por el camino. Dos hombres se ofrecieron a llevarnos a mí y a Álex cuando la gasolina aún no escaseaba. Yo… algo no andaba bien dentro de mí cuando aparecieron. Mi interior tiraba de mí en la dirección contraria pero no me hice caso. Nunca me hago caso. Tal vez fue mi intuición. Eso es algo que intento mejorar. Hacerme más caso.

—¿¿Qué?? —volvió a preguntar pero esta vez con horror.

—¿Ves como no he vivido siempre en una burbuja? Ni Álex tampoco. Esos dos querían pasárselo bien conmigo y yo acepté porque dijeron que de lo contrario le harían daño. Engañé a tu hijo para alejarlo un rato mientras les dejaba hacerme lo que quisieran pero no es tonto y tenía ya trece años. —Liam se detuvo en seco y me miró aterrorizado. Desvié mis ojos de los suyos. Avergonzada—. Nos sorprendió a medias. Me vio llorando asqueada, atada de manos mientras uno de ellos me metía mano tirada en el suelo y el otro se preparaba para ser el siguiente. Se nos echó encima. El que miraba lo golpeó y lo dejó inconsciente pero aun así fue a por él. Y tuve miedo de que no quisiese solo seguir golpeándolo. ¿Entiendes lo que te digo? —Volví a mirarlo—. El que estaba sobre mí se quitó la pistola de encima para que no molestase y se bajó los pantalones. Ni siquiera me consideraba una amenaza pero yo estaba rabiosa, solo quería evitar que el otro lo tocara. Cuando me cogió las manos y me obligó a acariciarle ahí abajo le apreté bien fuerte los testículos. Gritó y bajó la guardia. Entonces llegué hasta la pistola y le disparé a la cabeza. El otro vino hacia mí y vacié el cargador cuando ya casi lo tenía encima. Fue la primera vez y la última. —Hice gesto de seguir andando. Lo que fuera para evitar su mirada mientras lo contaba y reanudamos la marcha—: Fui una ingenua por pensar que si los dejaba violarme nos dejarían en paz pero no hubiese sido así. Nadie sabe esto. Solo Álex y yo, y él ni siquiera se acuerda de casi nada. Cogimos su coche y nos largamos. Tardé mucho en recuperarme. Si hubiese dejado que pasara…

—Hiciste lo que debías, Iris. ¿Comprendes?

Asentí llorosa, porque nunca había dudado de ello pero también era la primera vez que alguien me lo decía porque era la primera vez que lo contaba.

—¿Nadie más lo sabe?

—No, pero estoy segura de que no soy la única que ha vivido algo así en estos tiempos ni antes.

—Dios…

—Tú debes saberlo porque eres su padre y siempre he sentido que puedo contártelo todo pero no te preocupes, solo recuerda cortar la cuerda que me ataba cuando se despertó.

Me abrazó hasta casi romperme y yo ya no tenía fuerzas para corresponderle ni para sentir nada, ni bueno ni malo.

—Saldremos de ésta. Te lo prometo, pero tú debes prometérmelo también a mí. Prométemelo.

Negué con la cabeza y me tomó el rostro lloroso con las dos manos.

—Prométemelo, Iris.

—Te lo prometo —mentí tras unos segundos.

De pronto me observó con atención. Me tomó de la barbilla con delicadeza y giró mi rostro hacia los lados. Después echó un vistazo a mi cuerpo entero.

—¿Qué? —pregunté.

Miré mis brazos, comprobando que tenía las venas muy oscuras y marcadas. Muchas más de las que se veían a simple vista. Todas las de mi cuerpo.

—Tranquila. ¿Vale? —Intentó animarme—. No es nada. Sigamos.

‹‹ ¿Qué no es nada? Es el veneno. Me muero y si no, de todas formas, me matarán ellos››.

Avanzamos hasta el atardecer y por fin conseguimos llegar a las afueras de la ciudad. Me costaba mantenerme en pie y me desvanecí con tan mala suerte de hacerlo sobre un gran charco de barro en medio de la carretera. Me cogió en brazos después de meter lo útil que llevaba en la suya unificando las mochilas y esconder la mía entre las ramas de un árbol.

Sentí en la lejanía el ruido de un motor. Pensé que era Ambros y que todo había terminado por fin. Confiaba en que él sabría defenderse y que yo acabaría muerta sobre la cuneta, nunca mejor dicho, acabando con todo aquello de una vez.

Pero no era Ambros.

Un anciano de unos ochenta años se apeó del coche y vino a nosotros. Antes siquiera de saludar, Liam le explicó la situación:

—Tiene la toxina. No piense mal, no he sido yo. Le he atado las manos porque…

—Ha intentado suicidarse, lo imagino. Soy doctor, vivo cerca de aquí. ¿Cuánto lleva así? —Se puso unas gafas con montura rayada y me observó desde cerca con sus ojos azules.

—Desde esta mañana. Ha ido yendo a peor.

—¿Desde esta mañana? El veneno ya debería haber acabado con

ella. ¿Sois familia? ¿Pareja?

—No —respondió extrañado—. ¿Puede ayudarnos?

—No tengo antídoto, lo siento. Pero eso no quiere decir que vaya a dejaros aquí. Probablemente quienes os hayan atacado estén esperando a que anochezca para actuar.

—Lo sé. No han intentado nada durante todo el día y esa es la única razón que se me ocurre.

—Vamos, subid.

Me acomodaron en el asiento trasero del coche. Él se sentó delante junto al señor. Posiblemente le dijo su nombre pero no estaba demasiado atenta.

Su casa estaba relativamente cerca. Me sorprendí al ver que era un caserón rodeado de terreno vedado. Una mansión modernista con verja.

Salimos del coche que aparcó en la puerta.

—No era mi casa antes de todo esto, sino una especie de museo. Me gustó y lo ocupé. A veces llega gente que necesita ayuda y pueden quedarse hasta que se recuperan. No es muy frecuente, ya hacía tiempo que no venía nadie.

Liam me ayudó a salir pero esta vez no quise que me tomara en brazos.

—¿Ves? Todo está mejorando —dijo con una ligera sonrisa, intentando darme ánimos.

—No tiene el antídoto, ya lo ha dicho —susurré para mí misma.

No nos dirigimos al edificio principal. Normal, teniendo en cuenta que no nos conocía y que la versión de Liam podía ser falsa. Nos dirigimos hasta una pequeña casa situada justo al lado, que parecía de invitados, y que también era de principios del siglo XX. Entramos y subimos unas sonoras escaleras hasta una habitación con una gran cama antigua a la que solo le faltaba el dosel y en la que me depositaron. El poco mobiliario en el que pude fijarme cuando el hombre encendió tres velones sobre la mesita de noche, también era de esa época.

Observó el pinchazo, que al parecer se había oscurecido aún más que mis venas. Me tomó las constantes y me auscultó.

—Buscamos a mi hijo. Tal vez lo haya visto —preguntó Liam.

—No, lo siento. Llevo días sin ver a nadie.

—Quizá encontrarle sea lo que la mantiene con vida —opinó.

—Normalmente es algo o alguien presente. A lo que puede aferrarse en el ahora porque es lo único que tiene. Todo lo demás, especialmente lo que no puede controlar o ver le provoca una ansiedad brutal. Ya debes haberlo comprobado.

Liam asintió sin dejar de mirarme.

—Si le hubiese pasado estando sola ya estaría muerta —apuntó el médico.

—Tiene que haber alguna forma de parar esto o frenarlo.

—¿Conocéis lo que contiene el antídoto?

—No —respondió Liam.

—Es básicamente una inyección de endorfinas y serotonina. ¿Queréis la explicación larga o la corta? La corta, imagino.

—Sí, por favor.

—Hay algo que funciona muy bien de manera natural y que ofrece las mismas posibilidades que ese antídoto. No hace mucho que lo descubrí por otros casos. Al no ser sintético no es tan rápido y es posible que tampoco elimine del todo la toxina la primera vez pero ayudará a frenarlo, en el peor de los casos. Todo dependerá de ciertos factores vuestros, entre ellos si ella antes del brote era feliz. Evidentemente en caso de ser una depresión real, no haría efecto. Esto es exógeno, son cosas muy diferentes.

—Si hubiese estado deprimida no la habrían atacado —dijo Liam y se dirigió a mí—. Suena bien, ¿verdad?

—Habéis dicho que no sois familia, ¿verdad? Si lo sois, moralmente no me vería capacitado para recetároslo por muy efectivo que sea.

—No, no lo somos.

Yo asentí abriendo los ojos como platos y tragué saliva. Estaba empezando a darme cuenta de lo que intentaba proponernos pero Liam no parecía verlo venir en absoluto.

—¿Qué hay que hacer? —preguntó él.

—Sexo.

—Val... —Me miró y me di cuenta de que con ese vale fallido estaba procesando el tema—. Imagino que ella sola.

—Las caricias, los besos, las palabras. El sexo compartido libera más sensaciones que la masturbación. —Liam asentía sin saber qué decir—. O eso o esperar a encontrar a alguien que tenga el antídoto, lo que está muy complicado —continuó el doctor apoyado en la mesita de noche de madera oscura—. Os dejo solos. Voy a preparar la cena, no hay prisa. Bajad cuando queráis.

Sonrió con amabilidad y salió cerrando la puerta.

—Tú decides —dijo tímidamente.

—¿Tú quieres?

—¿Que si quiero acostarme contigo? Bue… no voy a negar que llevo…

—¿Eso es un sí? Por favor no des rodeos. ¿Sí o no, Liam? —casi exigí.

—Sí.

—Vale. Yo también quiero.

—Pero si no me deseas…

—No es… no es eso, es que ahora mismo el sexo es lo que menos me apetece, ¿sabes?

—No quiero sentirme como un violador.

—No vas a sentirte así porque quiero hacerlo. Me lo has prometido, ¿verdad? Que saldríamos de ésta. —Necesitaba acabar con aquello de una vez y si tener sexo era la solución, pues adelante—. Y no se me ocurre con nadie mejor que tú ahora mismo. No quiero seguir deseando morirme. ¿Llevas protección en esa mochila tuya que te acompaña siempre? Dime que sí.

—Puede que lleve algo, no lo sé. Pero si llevo estarán caducados. —Rebuscó encoentrando lo que buscaba.

Me senté en la cama y alcé ambas manos unidas aún por la cuerda para acariciarle las mejillas. Una oleada de tristeza y negatividad al pensar en Héctor y en lo que estaba a punto de hacer, arremetió contra mí.

Debíamos darnos prisa.

—Desátame —le pedí.

Obedeció, extrayendo el cuchillo de su cinto de cuero y cortando la cuerda cuidadosamente mientras yo no dejaba de observarlo.

Cuando por fin tuve las manos libres rodeé su cuello para besarlo.

—¿Estás segura? —volvió a preguntarme antes de permitirme que empezara.

Saqué fuerzas de donde pude. Con la poca convicción sobre eso que me quedaba y dispuesta a seguir con aquello, acaricié su rostro y asentí decididamente.

Fue él quien me besó como si se alimentase de mi boca. Sentirla mezclada con la mía fue débilmente agradable.

Me puse en pie desnudándome frente a él, poco a poco, sobre todo porque me sentía enferma. Descubriendo que las venas de todo mi cuerpo se marcaban bajo mi piel como si de tinta negra se tratase y algo avergonzada de que me viese así.

Liam me observaba con atención y cuando estuve completamente desnuda, desaté mi cabello recogido en un moño alto.

Él empezó a poner en práctica lo que el doctor le había recomendado: hacerme sentir mejor.

—Eres preciosa.

Se puso de pie frente a mí y se quitó la camiseta y los pantalones con tranquilidad, evitando mi mirada en todo momento. También con cierto decoro, lo que lo hacía adorable a mis ojos que no perdían detalle. Un destello de deseo me atravesó los sentidos.

Ya estaba más que preparado, como pude comprobar al quedar completamente desnudo. La tenue luz de las velas daba la sensación de que su piel tostada por el sol era aún más morena.

Tomó mi rostro con ambas manos y me besó como minutos antes, pero esta vez sentí algo más. Mi cuerpo se relajó casi al instante.

—¿Te sientes algo mejor? —preguntó dulcemente, como si lo hubiese notado, apartando el cabello adherido a mi mejilla por el sudor.

Asentí con los ojos cerrados y cuando los abrí, lo tomé de la mano y me coloqué boca arriba sobre la cama, casi sin fuerzas. Se acomodó sobre mí y nos besamos de nuevo. Su sexo cada vez más duro y caliente sobre mi vientre.

—Ya puedes entrar en mí si quieres —dije sabiendo que no estaba todavía preparada.

Quería terminar cuanto antes con aquella intimidad forzada entre los dos, recordándome que era solo para salvarme. Proponiéndome a mí misma imaginar que era Héctor quién lo hacía para no sentirme tan culpable.

—No. Todavía no —susurró en mi oído.

—¿Por qué?

Acarició mi feminidad y sentí un inesperado y ligero placer.

—Porque aún no estás lista. Se supone que para que funcione debes disfrutar, ¿no?

Aquellas palabras y la caricia entre mis piernas me excitaron tanto que me olvidé de Héctor y del motivo por el que estábamos en aquella situación.

En aquel momento solo lo deseaba a él, disfrutar con él. Ya estaba muy húmeda cuando lo atraje hacia mí para besarlo con intensidad, pasando mis brazos bajo los suyos para acariciarle la espalda y el trasero.

Sí que estaba funcionado. Mi cabeza no había dejado de enviarme pensamientos negativos todavía pero éstos se espaciaban cada vez más.

De pronto se detuvo apoyando los codos sobre la almohada a mi alrededor.

—Si acabase antes de tiempo, tenemos toda la noche.

—Cállate —susurré, atrayéndolo a mi boca de nuevo y habiendo perdido del todo la vergüenza.

Sentir su cuerpo contra el mío, aquel contacto físico íntimo con él, que ahora me parecía maravilloso y escuchar que podíamos pasar así toda la noche me hizo perder la cordura.

Él supo entonces que también lo deseaba y me devolvió el beso con fogosidad. Jugamos con nuestras lenguas, mordisqueamos labios y jadeamos necesitando todavía más.

Se separó de mí, tan duro que pensé que iba a pasar, pero en lugar de eso, recorrió la piel de mi cuello con sus labios mientras yo enredaba los dedos en su cabello.

Recorrió un sendero invisible hacia mis pechos deteniéndose a lamer cada uno de los pezones durante un buen rato, y de pronto aquel ardor interior que me subía por la garganta regresó, disolviendo por completo cualquier pensamientos oscuro, haciéndome consciente de que ninguno de ellos estaba sucediendo en absoluto. Que la realidad en aquel instante era muy distinta y sentí tal alivio y relajación, que fui aún más consiente del placer que Liam me provocaba ahora con su lengua entre mis piernas… y de la situación forzosa, excitante y morbosa en la que nos encontrábamos.

—¿Te gusta así? —preguntó.

—Sí. —Agarré la sábana y gemí al notar la presión de su lengua, la caliente humedad de mi sexo mezclado con la de su boca.

Y cuando volvió a colocarse sobre mí, tras una pausa para ponerse el preservativo, abrí las piernas para que se acoplara a mi cuerpo y sentirlo aún más cerca.

Entonces mi mente viajó seis años atrás, a nuestros encuentros a diario en el metro, a las veces que lo vi por toda la ciudad sin que él me viera, a las veces que había deseado que esto pasara, a los momentos en los que había despertado, deseándolo, imaginándonos así hasta llegar al clímax, sabiendo que le vería en menos de una hora. Ya por entonces estaba loca por él.

—Estoy loco por ti —dijo, dejándose llevar por el momento.

Su expresión era de doloroso deseo y verlo así aumentó aún más el mío. Lo besé ardientemente, apretando su trasero para unirlo más a mí.

Tenía que sentirlo dentro de mí. Lo necesitaba.

Y no solo para salvarme.

—Hazlo ya, no puedo más.

—Gracias a Dios —Le oí decir con la voz entrecortada.

Aquello me hizo reír. Y él lo hizo conmigo.

Me miró a los ojos con esa expresión de concentración que le había visto tantas veces. Puse las manos sobre sus mejillas y estudié su rostro mientras entraba en mí ayudándose con una mano y yo arqueaba las piernas, abriendo más las caderas para que nuestros cuerpos encajaran con naturalidad.

Gemimos a la vez cuando ya estuvo dentro y tuve la sensación de que nuestra piel ardía cada vez más, con cada lenta embestida sin dejar de mirarnos a los ojos. El placer se acrecentaba cada vez más y cuando creía que llegaba el final, era solo el principio.

Cuando se acercó a mi boca e hicimos el amor también allí, me aferré a su espalda como si mi vida dependiera de ello porque en realidad dependía y nuestros movimientos se intensificaron. De pronto se incorporó, arrodillándose sobre la cama. Me arrastró con decisión hacia su cuerpo y me penetró de nuevo sosteniéndome por los muslos. Elevé un poco más las caderas, logrando que entrase más profundamente y nos acoplamos a la perfección. Nuestros jadeos iban en aumento a la vez que nuestros movimientos, más descontrolados, más intensos, provocando que la cama empezara a sacudirse y crujir.

Me tomó por la cintura, dirigiendo el movimiento sin dejar de observar mi cuerpo desnudo agitándose frente a él, mi expresión de placer cada vez que lo recibía igual a la suya cada vez que entraba en mí.

Aquello me hizo llegar al límite.

—Oh, Liam… Liam —murmuré al llegar al clímax ante sus ojos.

Casi grité, arqueándome, liberando el antídoto natural de mi cuerpo y como si hubiese activado un interruptor, él estalló también dentro de mí entre intensos gemidos.

Lo salvaje dio paso a lo pausado, poco a poco.

Cayó sobre mi cuerpo. Aún dentro de mí, sus ojos me preguntaron si había dado resultado. Sonrió cuando asentí y le devolví la sonrisa antes de que nuestras bocas se despidieran la una de la otra durante un largo rato, hasta calmarnos por completo y terminar del todo, puede que prolongando el final más de lo que debíamos.

Permancimos así, dejando que las sensaciones y emociones se difuminaran lentamente. Algunas lo hicieron. Otras, se quedaron para siempre.

—Es cierto que ha funcionado —confirmó echando un vistazo a mi cara y resto del cuerpo antes de volver a tenderse sobre mí.

—Sí. Gracias por ayudarme.

—Ha sido un placer —susurró sobre mi pecho, aun respirando con cierta agitación. No sé si fue porque escuchó mi corazón triplicar la velocidad de los latidos al escuchar aquello pero inmediatamente dijo—: Quiero decir que tenía que hacerlo, no quería que te murieras, después de todo lo que has hecho por Álex y… ha sido porque no había…

—Te entiendo, tranquilo —dije al sentirlo tan nervioso y una sonrisa apareció en mis labios sin poder controlarla—. Ha sido una obligación, un propósito para llegar a un fin con el que hemos cumplido y se acabó.

Habíamos cumplido y se acabó pero él seguía recostado sobre mi pecho y yo acariciando su cabello.

Me moví al darme cuenta, apartándolo suavemente y sentándome sobre la cama. Observando mi cuerpo ya sin restos de oscuridad.

Liam apartó el cabello de mi espalda dejándolo sobre el hombro y acarició la zona del dardo.

—Tampoco tienes nada aquí. La zona ha dejado de estar negra.

Noté sus dedos sobre mi piel y volví a sentirme muy cortada por lo que acababa de pasar. Me tapé con la sábana pese a que hacía calor.

—Siento todo por lo que te he hecho pasar —dije masajeando una de mis muñecas con la mano y observando la pequeña herida del cuchillo.

—Verte así ha sido horrible —dijo de rodillas sobre la cama, detrás de mí.

—Pudiste dejarme y no lo hiciste.

—¿Estás de broma?

—Lo que acaba de pasar entre nosotros… es muy fuerte.

—¿Se lo contarás a Héctor?

—No lo sé, Liam. Ahora solo sé que tengo mucha sed —dije con fastidio.

Él sacó la poca agua que nos quedaba pese a haber rellenado las cantimploras en la poza, al levantarme aquella mañana. Se había empeñado en mantenerme hidratada durante todo el horrible trayecto.

—Termínala. Voy a pedírsela al doctor. Tú quédate aquí y descansa un poco —se ofreció mientras se vestía.

—También ha hablado de preparar la cena —le recordé antes de beber un sorbo—. Habría que ofrecerle algo a cambio en agradecimiento.

—Me llevo la mochila completa y que elija lo que quiera —dijo ajustando el saco de dormir antes de salir, sorprendiéndome por no haberse quejado por eso—. Vuelvo enseguida.

Me tumbé sobre la cama, cubierta por la sábana, perdida en el recuerdo de las sensaciones que acababa de tener, de nosotros juntos, de él aún en mi piel.

Suspiré absorta, hasta ser consciente de la sonrisa en mis labios. Sin saber qué pasaría entre nosotros ahora. Si nuestra relación volvería al punto en el que estaba antes o si cambiaría de alguna forma. Ni rastro de nadie más que no fuésemos nosotros en aquel momento.

Pasó un largo rato hasta que me di cuenta de que Liam no regresaba.

Antes de ponerme la ropa sucia de nuevo, reparé en un gran armario y decidí echar un vistazo. Al abrirlo me encontré todo un vestuario mezclado, tanto de hombre como de mujer. Me pregunté si el doctor me prestaría algo limpio.

Me vestí con lo que llevaba y al mirarme al espejo comprobé que mi rostro no estaba tan cansado como esperaba.

Salí y bajé las escaleras envueltas en un profundo silencio, solo roto por el crujido de la madera modernista.

—¿Liam? ¿Doctor?

Allí no parecía haber nadie así que me dirigí a la mansión-museo.

Me envolví en la calurosa noche y llamé a la puerta principal. Nadie me abrió pese a algunas luces encendidas y estaba cerrada, así como las ventanas pese al calor que hacía. Pensé que quizá se había marchado a ayudar a alguien porque el coche en el que habíamos llegado ya no estaba allí, lo que me hizo caer en la parte trasera que debía tener la propiedad.

Cuando llegué, la puerta del moderno y más nuevo garaje estaba medio abierta. Al entrever unos neumáticos me sentí algo más tranquila. Me resultó pesada debido a que aún estaba algo débil pero logré levantarla, lo suficiente como para pasar por debajo con la esperanza de que allí hubiese una entrada abierta conectada con la casa.

Pero el automóvil allí estacionado no era el del doctor.

Era el todoterreno negro de Ambros.

7 LOS INFIERNOS

Entre náuseas me acerqué con cuidado a la puerta entreabierta, echando mano a un cinto que no llevaba. Mi cuchillo se había quedado en la casa. Volver a por él ahora podría ser un grave error.

Estúpida. Estúpida.

Intenté abrir el todoterreno pero estaba cerrado y sin rastro de las llaves, aunque eso no sería un problema para mí llegado el caso. Busqué en el garaje hasta que encontré un martillo y un cúter bien afilado. Nadie debía saber que yo estaba allí, de lo contrario ya habrían venido a buscarme, o ¿había otra razón?

Me adentré en la oscuridad del pasillo, sudando a mares, aterrorizada por lo que pudiese encontrar. Aguantando la respiración con cada crujido accidental del suelo de madera.

Escuché un sonido lastimero tras una de las puertas. Un lloriqueo masculino que me llenó de miedo. La entreabrí con cuidado, viendo a una mujer trajeada, ensangrentada en el suelo aparentemente muerta frente a una silla vacía. Junto a ella el cadáver del doctor sobre un charco de sangre bajo su espalda.

Al terminar de abrir lo que parecía una pequeña despensa me quedé de piedra, reconociendo de inmediato al hombre que se hallaba en estado lamentable, atado a otra silla con la boca tapada con una mordaza.

Era Ambros.

—Socorro —Creí entender que decía—. ¡Ayúdame!

Me puse el dedo en los labios para indicarle que se callara.

Los dos dimos un respingo cuando, de pronto, las notas de la versión de Carl Orff de Carmina Burana, especialmente reconocibles, inundaron la casa. Aquello añadía más agobio a la situación ya que aunque era una ventaja porque no podrían escuchar el ruido que pudiésemos hacer, nosotros tampoco podríamos hacerlo si alguien se acercaba.

Me acerqué a Ambros.

—¿Dónde está Liam? —quise saber y liberé sus palabras bajando la mordaza.

—No lo sé. ¿Qué tiene él que ver con todo esto?

—¿Va a ayudarme?

—¿Que si voy a ayudarte? Claro que sí, ¿por quién me tomas? Desátame. Buscaremos a tu novio, las llaves de mi coche y nos largaremos de aquí antes de que esa gente vuelva.

—¿Quiénes son?

—Abre el puto congelador y lo sabrás.

El arcón, de lo que había sido una famosa marca de helados, se mantenía enchufado a un pequeño generador solo para él.

Me acerqué y lo abrí.

En él había amontonadas partes congeladas de un cuerpo humano.

Vomité bilis.

—Son un grupo de jodidos caníbales. —Escuché entre arcada y arcada—. Iban a prepararme para la cena pero puede que él les haya parecido más apetecible porque aquí no lo han traído. Yo no estoy lo suficientemente contento para ellos, parece ser.

—¿Cuánto hace de eso?

—Un rato. Son muchos pero creo que se han ido. Luego ha venido este hombre —Dio una patada rabiosa a la cabeza del médico, con ambos pies atados—. Mi guardaespaldas tenía una pistola pero éste también y se han matado entre ellos. No sé si en algún arma quedarán balas. Y luego el que todavía sigue en la casa ha venido pero ha pasado de todo al encontrarse el plan. Estaba muy nervioso o puede que hambriento y ha cerrado la puerta. Desátame, por favor. Tú coges una pistola, yo la otra y vamos a por él.

—Vale, sí.

Lo último que deseaba era enfrentarme a aquello sola y aceptaba cualquier ayudante, aunque se tratase de Ambros. Quizá, de salir de allí con vida, consiguiésemos que nos dejase tranquilos por ayudarle.

Cuando corté las bridas de pies y manos con ayuda del cúter, me propinó un violento empujón haciéndome caer contra el congelador, golpeándome fuertemente la cabeza.

—Búscate la vida, yo me largo de aquí como sea y tú deberías hacer lo mismo —dijo comprobando la pistola de su guardaespaldas y llevándosela mientras yo me enderezaba costosamente.

—Eres un hijo de puta.

—Pero voy a durar vivo más que tú.

Me acerqué a él, martillo en mano, pero logró salir de la habitación después de resbalar con la sangre del médico y estar a punto de caerse. Apoyándome en el marco de la puerta, lo vi correr por el pasillo hasta que un machete salió de la oscuridad y le partió la cabeza.

Pensé que estaba viviendo mi propio cruce entre *La matanza de Texas* y *Hannibal*. Hacía ya rato que vivía rodeada de irrealidad. Como si estuviese soñando. No me sucedía algo así desde la invasión.

El hombretón, que se situó bajo la luz de la lámpara del recibidor, iba vestido con un delantal de plástico todavía limpio que transparentaba su desnudo y obeso cuerpo debajo de él. Lo observó convulsionar en el suelo hasta morir, tranquilamente, mientras encendía un pitillo con la mano libre.

Me tapé la boca, conteniendo el llanto.

Eran caníbales, sí. ¿Habían sido esclavos liberados de los Permanentes o era alguna de las nuevas sectas? Aquello era lo de menos.

Lo único que importaba era encontrar a Liam.

«*Está vivo. Está vivo. Sé que lo está*», me repetía a mí misma.

—¿Cómo te has desatado? —se preguntó en voz alta justamente cuando terminó la canción y antes de que empezara otra.

Me aparté rápido de la puerta sospechando que miraría hacia allí y no solo eso, sino que también vendría para comprobar qué podía haber pasado. No había lugar donde esconderse.

O sí.

Estuve a punto de coger la otra pistola del suelo pero pensé que lo mejor era dejarlo todo como estaba. Según el difunto Ambros, ese hombre había estado un rato antes en la despensa. Si ahora no veía la otra arma podría parecerle extraño y no quería arriesgarme a que precisamente esa no tuviese munición.

El instinto de supervivencia hacía que la cabeza me fuese a mil. Con cuidado de no dejar huellas en la sangre, evité pisarla. Me metí en el congelador, sosteniendo la tapa con un solo brazo y el martillo en la otra, por lo que pudiese pasar. Dejando una ínfima ranura entre la goma de la tapa y el contenedor, rezando para que el tipo no mirase dentro ni notase el frescor que podía salir de él por la rendija; temiendo que tuviese un sistema de seguridad que pitase al no estar sellado del todo.

Entró y comprobó tranquilamente la brida cortada mientras yo empezaba a tiritar, intentando no pensar en lo que había bajo mis pies dificultándome mantener el equilibrio. Encontró algo en el suelo: el cúter. Lo observó y se lo guardó. Quizá el que se me cayera me había salvado la vida. De no haberlo encontrado no hubiese tenido tan —equivocadamente— claro que Ambros se había desatado él solo con un arma oculta, si esa era la conclusión a la que había llegado.

Silbando al ritmo de la canción que sonaba en aquel instante, se llevó a rastras el cadáver de la guardaespaldas.

Cuando por fin salió de la despensa empezaba a costarme ya arquear el codo para sostener la tapa. Conté hasta tres aguantando la incómoda postura de cuclillas, antes de salir lentamente. Al cerrar con cuidado de no hacer ruido, pude comprobar que lo que había estado pisando era una bolsa de orejas.

Me acerqué a la pistola, comprobando con decepción que, efectivamente, no tenía munición y el hombre tampoco llevaba encima. Me descalcé antes de seguir al matarife. Pensé que era mejor mantenerme tras él y quizá descubrir donde estaba Liam. De necesitar mantenerme alejada siempre podía seguir el sonido de la música. Puede que incluso atacarlo si se daba la oportunidad.

Recorrió el pasillo y bajó al sótano con el cadáver a rastras, ignorando por c ompleto a Ambros. Aquello no pintaba nada bien para nadie. Bajé las escaleras despacio, apretando los labios ante cada posible crujido de la madera y me detuve en seco cuando bajó el volumen de la música.

Contuve el aliento.

El familiar borboteo de una radio dio paso a una comunicación:

—¿Vais a tardar mucho? La cena ya está casi lista pero esto se ha complicado un poco. Cambio —comunicó el caníbal.

Me asomé lo justo para verlo dejar el machete junto a un fregadero situado en el centro del módulo que ocupaba el lado derecho de la estancia y el cuerpo en el suelo, al lado de la puerta. Volví a mi posición y escuché:

—¿Qué ha pasado? ¿Y el doctor? Cambio —preguntaron al otro lado.

—Está muerto. Han sido los dos de esta tarde. Uno de ellos escapó pero cogimos al jefe y a la guardaespaldas. Los dos están muertos pero no tenían de donde sacar. Éste sí. El doctor ya me dijo que tenía producto del bueno en camino desde esta mañana y sí, lo es, pero esperaba un nivel de energía más intenso. Cambio.

Volví a mi posición tras el marco.

«Fue el doctor el que disparó el dardo. No quiso ayudarnos sino tendernos una trampa».

—Aquí viene el tema —continuó el hombre—. Creo que hay alguien más en la casa. Puede que se refiriese a esa persona y no a éste, aunque éste también pinta sabroso. Cambio.

—¿Y qué vas a hacer? Nosotros estamos de camino. Cambio.

—Sea quién sea no me da miedo. Seguro que ha salido cagando leches. Me quedaré aquí a esperaros y a empezar a prepararlo todo. Tengo mucho que hacer pero no tardéis o se mermará su frescura. Hasta ahora. Corto y cambio.

Volví a echar un vistazo y vi a Liam en el centro, tumbado desnudo sobre una mesa de acero inoxidable. El hombre lo lavaba con una esponja que mojaba en una palangana blanca con un poco de agua. Era una sala matadero impoluta, casi como un quirófano y la mesa parecía de las de autopsias. Me negaba a pensar que era una cocina. Al volver a dirigir la mirada hacia lo que estaba pasando, vi que el hombre le pasaba la esponja bajo la nuca y ésta terminaba impregnada de sangre.

Empecé a temblar y tuve que frenar las lágrimas de nuevo, recordando lo que le había sucedido a Ambros.

Liam estaba muerto.

Dios mío estaba muerto, estaba muerto. Me sentí como si de nuevo me hubiesen disparado la toxina.

Quise matar a ese hijo de puta. Descuartizarlo yo misma y sostuve el martillo con fuerza, a punto de echarme sobre él pero era corpulento, y yo pequeña. Demasiado peligroso como para arriesgar mi vida así solo por venganza. Lo que debía hacer era salir de allí. Encontrar a Álex. Es lo que Liam hubiese querido.

Me di la vuelta para subir las escaleras mientras escuchaba al caníbal silbar alegremente pero casi no podía moverme. Subir cada escalón me costaba más que el anterior.

Algo tiraba de mí hacia aquel sótano.

Y me detuve.

¿Y si estuviese vivo? ¿Y si me marchaba dejándolo allí, malherido? ¿Y si era el momento de hacerme caso?

Volví a la puerta. Esperé pacientemente a que se diese la vuelta y caminé de cuclillas situándome al otro lado de la mesa de acero.

No tenía ni idea de tácticas ni ataques. Me había preocupado de que

Álex aprendiese esas cosas para defenderse, que se rodease de personas que pudiesen enseñarle, como Héctor, pero yo no había aprendido nada nuevo desde que me asenté y lo poco que sabía lo había olvidado.

Quería llegar hasta el machete. A parte del martillo, era lo que más efectivo me parecía de todo lo que podía ver en aquella horrible habitación a falta de un arma de fuego. Vi la mochila de Liam en el suelo, entre más objetos. Me había olvidado por completo de ella pero rebuscar las armas era muy arriesgado.

Tenía que pensar algo rápido.

El caníbal se desplazó hasta el fregadero para abrir una botella de vino tinto y llenar una copa. Me tomó unos instantes decidir salir todo lo rápido que pudiese y darle con el martillo en la cabeza mientras bebía, observando apaciblemente la luna a través de la ventanita situada en la parte de arriba, como si fuese la mejor puñetera noche de su vida. Llenó otra copa y antes de que me decidiera a hacerlo, volvió a Liam.

—Qué bien hueles… solo una mujer puede dejarte ese olor. ¿Es ella quién se esconde en la casa? ¿O crees que se habrá largado?

Obviamente no obtuvo respuesta.

Estaba paralizada y tenía que acabar con esto de una vez por todas. Ahora aún tenía una oportunidad. Cuando llegaran los demás, ninguna. Especialmente si Liam seguía vivo y tenía que arrastrarlo hasta el coche.

—Ahora tengo curiosidad… quizá debería ir a buscarla. ¿Te gustaría, amigo? Probarla aquí mismo, delante de ti. Ya sabes, en todos los sentidos imaginables. —Se carcajeó—. Mejor me callo. No quiero preocuparte y estropear tu sabor todavía más.

Volvió a darse la vuelta. Esta vez, para vaciar en el fregadero la palangana de agua ensangrentada.

Conté hasta dos.

Todo lo rápido que pude crucé de cuclillas las patas de la mesa, me erguí tras él y, alzándome de puntillas, le golpeé con el martillo en la cabeza todo lo fuerte que pude.

Se tambaleó y cuando me dirigía a por el machete me agarró del pelo y me lanzó contra el suelo, hacia el lado contrario, sobre el cadáver de la guardaespaldas.

—Vaya, vaya, qué tenemos aquí. Un precioso conejito. Lo sabía.

—¡No te acerques! —amenacé martillo en mano poniéndome en pie, intentando golpearlo y no tropezar con el muerto.

Le sangraba la sien. Si estaba algo mareado disimulaba bien. Lo que no podía ocultar era su erección a través del delantal transparente.

—Esto no va a acabar bien de ninguna de las maneras, conejito, ¿no lo ves? ¿las posibilidades de que salgas de aquí de una pieza son de una entre un millón y ni siquiera necesito el machete.

Se acercó e intenté golpearlo con fuerza pero me arrebató el martillo. Me cogió del cuello y me estampó la cabeza sobre la mesa, boca abajo. Primero escuché los vidrios rotos, luego sentí el dolor punzante de los cristales de la copa clavados en mi mano derecha.

Grité de dolor, forcejeando, y mi cabeza quedó de lado sobre la mesa.

Entonces lo vi. Lo suficientemente fino y cerca como para ocultarlo bajo la palma de mi ensangrentada mano.

—Vamos a ver… quiero olerte bien antes de empezar—. Me dio la vuelta, sujetándome por el cuello. Acercó la nariz a mi cara y me olisqueó sonoramente—. Tú serás el plato fuerte de la noche. Sin duda eres quién ha dejado impregnado en su cuerpo todo ese am…

Clavé el sacacorchos hasta el fondo en su cuello. Dos y hasta tres veces, cubriéndome con su sangre y sus chillidos de dolor, mezclados con los míos de terror y rabia.

Trastabilló hacia un lado, cubriéndose inútilmente la herida, desangrándose hasta caer sin vida.

Y yo me escurrí hasta el suelo, quedándome sentada ahí mismo, con parte de la cara y la ropa teñidas de rojo. Sin reaccionar hasta que me di cuenta de que el resto del club gastronómico debía estar al caer.

Me acerqué a Liam. Su corazón no latía cuando coloqué el oído sobre su frío pecho.

Lo miré sin reaccionar hasta que rompí a llorar recordando sus palabras:

«Es fácil encontrarle sentido a la vida cuando todo va bien. Lo difícil es cuando todo va mal. Cuando no entiendes por qué pasan ciertas cosas».

Tenía que seguir adelante sin él. Aceptar que ya no estaba, que ya no volvería a aparecer.

Que estaba enamorada de él.

Pero tenía que salir de ahí cuanto antes y encontrar a Álex.

Me lavé la mano ensangrentada, extrayendo los cristales que pude y la envolví con un trozo de tela, sintiendo que aún quedaban algunos en mi piel. Cogí el machete, su mochila y la cargué sobre mi espalda.

Al pasar frente a una de las mesas que había quedado tras de mí todo el tiempo, me fijé en una bandeja de hospital con varias inyecciones y viales, junto a la ropa que llevaba cuando salió en busca del médico. Cada uno de los frascos tenía nombres extraños, desconocidos para mí. Ni si quiera parecían ser fármacos químicos pero debían estar ahí por algo.

Entonces recordé que le hablaba. Mientras lo lavaba.

¿Sería posible lo que estaba pensando?

Alimentándose de la carne y la sangre, creían hacerlo también de la energía. Para eso la persona debía estar viva el mayor tiempo posible antes de ser comida, ¿no? Una vez muerta, ¿qué energía podían extraer?

Recorrí la bandeja con la mirada hasta encontrar lo que buscaba: un vial de epinefrina y una ampolla de suero. Aquello me convenció del todo de intentarlo. Lo primero que hice fue ver si estaba caducada pero no había fecha por ninguna parte, ¿por qué? ¿De dónde la sacaban? ¿Quizá Ambros?

No era el momento de hacerse preguntas. Si utilizaban esa adrenalina era porque era efectiva.

Llené cuidadosamente la jeringa con la larga aguja y el resto con suero, tal y como había visto hacer al doctor Vicioso alguna vez.

Odiaba las jeringas más que nada en el mundo. Me acerqué a Liam y respiré hondo.

Sabía que se inyectaba en la cara exterior del muslo, en el centro, pero eso era en caso de alergias, de shocks anafilácticos, lo que Liam necesitaba ahora era una reanimación. Tenía que inyectarla en su corazón.

Me encaramé sobre la mesa y me senté sobre él con sus piernas entre mis rodillas. Me temblaba todo el cuerpo y sentía flojera en las muñecas pero tenía que hacerlo y rápido. Cerré los ojos… y la clavé en el pecho, con fuerza. Empujando el apoyo, introduje el líquido en su corazón.

Esperé.

No pasó nada así que apoyé las palmas, llevando toda la fuerza que pude de mis brazos a ellas para hacerle la reanimación cardiopulmonar, siguiendo el famoso método de la canción *Stayin 'alive* de Bee Gees para hacerlo lo mejor posible.

Intenté recordarla en mi cabeza. Hundir la palma, una sobre la otra, dos veces por segundo.

Empecé.

‹‹And we're stayin' alive, stayin' alive››.

—Vamos, vuelve conmigo. Hazlo otra vez. Vuelve.

Continúe.

‹‹Ah, ha, ha, ha, stayin' alive, stayin' alive››.

—Vamos Liam. No me hagas esto —dije con lágrimas en los ojos.

‹‹Ah, ha, ha, ha, stayin' alive ››.

Despertó de golpe, incorporándose bruscamente. Tanto que al intentar apartarme me caí de la mesa.

Liam se levantó y se dirigió hacia el cuerpo del caníbal, propinándole violentas patadas.

—¡Maldito hijo de puta! ¡Así ardas en el infierno!

—Vale. Tranquilo —susurré, obligándolo a que se diera la vuelta. Ni siquiera parecía haberse dado cuenta de mi caída.—. Tranquilo.

De puntillas lo abracé para calmarlo, notando que la tensión de su cuerpo desnudo se relajaba.

—¿Te he… te he tirado de la mesa? —titubeó.

—No pasa nada. No te preocupes.

—No sé qué me han metido. Estaba consciente todo el tiempo pero no podía moverme. Ha sido una pesadilla. ¿Tú estás bien? —preguntó cogiéndome la cara y observando la sangre y cada moratón que aquel hombre me había hecho.

—¿Qué si yo estoy bien? —Aparté las manos—. ¡Tu cabeza sangraba! ¡Y acabas de decir que estabas despierto!

—No podía moverme mientras pensaba en qué iban a hacerme, en si te encontrarían. Pero verte aquí ha sido lo peor. ¡Quería que te largaras, Iris! Y cuando has acabado con él y casi te marchas… Ha sido… —Parecía estar reviviéndolo.

—No podía irme y dejarte aquí.

Nos abrazamos de nuevo y al sentir su cuerpo vivo y caliente contra el mío, me inundé del alivio más intenso.

—Creo que también tienen a Ambros —dijo.

—Está muerto, Liam. Lo he visto con mis propios ojos.

Su expresión pasó de confusión a cierto consuelo.

—Entonces… —quiso decir.

—Ese tema se acabó. Ya no tendremos que preocuparnos por él, ¿vale? —Puse la mano sobre su mejilla y asintió con una sonrisa.

El motor de un automóvil acercándose nos puso en alerta.

—Son ellos —dijo demostrando que realmente había estado despierto.

—Vamos, podemos salir por la ventanita.

Me acerqué a la mesa de los viales y le lancé la camiseta y el pantalón corto que había llevado puestos. Se vistió aún con cierta dificultad y un gesto de dolor cada vez que movía el brazo derecho. Después de palparse la nuca, la mano estaba limpia.

Nos subimos al fregadero para poder salir.

—Nos alcanzarán —dijo Liam cogiendo la mochila del suelo con cierta dificultad.

—No, si conseguimos llegar hasta el garaje. Creo que puedo hacer un puente al todoterreno.

Salimos, logrando escabullirnos hasta la meta.

Rompí la ventanilla con un trapo de limpieza verde que había colgado del pomo de un armario y entré. Abrí el seguro de la puerta del copiloto y Liam se sentó. Me di toda la prisa posible mientras escuchaba barullo difuso a través de la puerta que daba a la casa. Obligada a aprender este tipo de cosas para sobrevivir, hacía años que no lo hacía y cada coche es diferente, pero lo logré.

Liam salió solo un instante para subir la puerta del garaje, del todo, como pudo debido a su estado. Nos pusimos el cinturón, puse el motor en marcha y nos alejamos de allí a toda velocidad.

Efectivamente, salieron en cuanto escucharon el vehículo. Yo no era precisamente Vin Diesel y Liam seguía débil en todos los sentidos. La adrenalina lo había devuelto a la vida, por decirlo así, pero después del chute, las secuelas de la droga que le habían metido seguirían su curso por un buen rato.

Cuando nos acercamos a la puerta del terreno, la vieja verja estaba medio cerrada. Apreté el acelerador.

—Agárrate —le pedí.

La atravesamos y desencajamos una de ellas que cayó al suelo a un lado.

Salimos del recinto viendo como aquel furgón 4x4 con un número desconocido de integrantes nos alcanzaba a campo abierto.

8 ENERGÍA

Cada vez estaban más cerca.

—Déjame a mí —me pidió.

—¿Estás seguro?

Cambiamos de asiento sin soltar el volante mientras la furgoneta se ponía a nuestra altura. Nos embistieron varias veces pero Liam logró estabilizar el vehículo.

Nada los detenía pero tampoco a nosotros. Nos golpeaban con el parachoques, lográbamos dejarlos atrás pero casi sin darnos cuenta los teníamos de nuevo encima.

Lograron situarse a nuestro lado. La puerta lateral de la furgoneta se abrió y uno de ellos nos apuntó con una escopeta.

—¡Joder! —grité.

Abrí la mochila de Liam a mis pies. Aparté el saco de dormir y busqué alguna de las pistolas que habíamos recabado. No sé como esperaba que dispararles en marcha, como si fuese Angelina Jolie, podría funcionar pero fue lo que se me ocurrió.

De pronto todo sucedió muy rápido. Algo cayó sobre su techo y desconcentró al conductor. El furgón se desvió de la trayectoria, alejándose varios metros del todoterreno. Dos personas parecieron llegar de la nada a cierta distancia frente a nosotros, iluminados por los faros.

Una onda expansiva proveniente de uno de ellos llegó directa a la furgoneta, que fue empujada hacia atrás, justo en el momento en el que la persona que había llegado hasta su techo pasaba de un brinco hasta el nuestro.

Otro haz de luz, este dorado, proyectado por otra de las personas que permanecían inmóviles en medio del prado, se unió a la anterior y la 4x4 se vio violentamente elevada del suelo y despedida hacia atrás.

Yo no perdía detalle mirando por el cristal trasero mientras Liam conducía. Al tocar por fin el suelo dio varias vueltas de campana.

—¡Iris, mira! —gritó Liam señalando.

Nos acercábamos a las dos personas y sabíamos que había otra sobre nosotros.

—Dios mío… Álex —anuncié sin poder creerlo.

Nos detuvimos frente a ellos e inmediatamente una masa de energía los rodeó, como si los protegiera. Cuando Álex se dio cuenta de quienes éramos hizo un gesto circular con la mano y su protección desapareció. La persona a su lado hizo lo mismo.

Lo primero que hice cuando salimos del coche fue correr a abrazarle.

—¡Iris! —exclamó con alegría—. ¡Has salido del asentamiento!

—¿De verdad pensabas que iba a dejarte hacer esto solo?

Me correspondió pero no fue tan amable con su padre.

—¿Qué haces tú aquí? —preguntó con fiereza.

—Hemos venido a buscarte —respondió Liam.

—¿Cómo se te ocurre traerlo, Iris? Seguro que solo quiere saber la ubicación de Brina.

Miré a Liam. ¿Sería eso cierto después de todo? Él me devolvió la mirada, indignado al ver mi expresión.

‹‹*Sabes que no es así*››, escuché en mi interior.

—Eso no es cierto —se defendió—. He venido a llevarte a casa.

—¡No te acerques! —gritó dirigiendo sus manos hacia él.

Temí que le hiciera daño en un momento de impulsividad que sabía que después le pasaría factura. Los tres vestían trajes negros de algo parecido al neopreno y unas extrañas botas del mismo color que aunque parecían pesadas, no les hacía moverse con dificultad.

—Tu padre se arrepiente mucho de lo que ha pasado, Álex. Debes creerle y confiar en mí.

Buscando ayuda, miré a la chica que lo acompañaba situada a su lado, tan alta como él, atlética y muy bonita, puede que algo más joven. Observaba a Liam en aquel instante y luego pasó a mí. Dijo algo al oído de Álex que no pude escuchar.

—No digas eso ni en broma —le respondió alzando el dedo índice con enfado.

—Escucha. Dame una oportunidad. Fue un error —intervino Liam—. Te lo demostraré, aunque me lleve toda la vida hacerlo.

—Lo dice de verdad. Por favor. Vuelve a casa.

—No voy a volver, Iris. Quiero hacer cosas importantes.

—Invítales a venir —intervino el otro muchacho, muy delgado y con una larga coleta, demasiado canosa para la edad que aparentaba—

. Que lo vean por ellos mismos. Quizá se unan a nosotros. Se necesita toda la ayuda posible para el proyecto. De eso se trata.

—No voy a poner en peligro a los demás. Ella es de fiar pero él…

—También es de fiar —lo defendí—. Yo respondo por él.

—Si da problemas lo desterrarán y punto —apuntó la chica, que hablaba con mucha seguridad pese a su edad.

—¿Qué me decís? Venid vosotros —nos pidió Álex.

Liam y yo nos miramos.

—Tú decides, es tu hijo.

—¡Vamos, Iris! —reprochó contrariado el susodicho.

Supe que o conseguíamos convencerlo de que su padre era bueno o se avecinaban tiempos muy difíciles para todos.

—Iremos. Claro que iremos —respondió Liam y sentí un enorme alivio porque yo no estaba dispuesta a volver sin él.

—¿Tenéis algún mapa de la ciudad? —preguntó la joven.

Lo extendimos sobre el capó del coche y ella misma hizo varias anotaciones con el bolígrafo que le dimos.

—Tendréis que entrar por lo que era la línea treinta y dos de metro —indicó—. La primera estación con esa línea la encontraréis a unos dos kilómetros de la entrada de la ciudad. Deberéis recorrerla y buscar la salida después de la tercera parada. Antes y después todas están selladas desde el exterior.

—Conozco el metro. Es nuestra antigua ciudad. ¿La recuerdas, Álex?

—No demasiado, la verdad —respondió con desgana.

—¿No hay un camino más corto? —preguntó Liam.

—Sí, pero desde el este de la ciudad. Si hubieseis llegado por la ruta correcta, como nosotros, os lo hubieseis ahorrado. El rodeo hasta allí os retrasaría casi un día.

—Tuvimos que desviarnos —expliqué sin querer desvelar nada más.

—Los Permanentes destruyeron la zona casi del todo y las ruinas actúan como un muro exterior. Lo bueno es que eso nos ayuda a mantenernos alejados de posibles enemigos —explicó de cabello gris.

—Desde aquí es la única forma de llegar rápido —explicó Álex—. Cuando salgáis ya podréis recorrer el último trecho sin problemas por la superficie. Estamos limpios de todo tipo de amenazas.

Un relámpago cruzó el cielo, ahora encapotado. Amenazaba

tormenta.

—¿Tú estás bien? ¿Qué te ha pasado? —preguntó Álex visiblemente preocupado, tomándome de la mano vendada y observando con detenimiento la sangre seca y los moratones de mi rostro.

—Sí, no te preocupes.

—Lo siento, Iris. Siento haber huido pero tenía que hacerlo. No pensé en que te empujaría a venir.

—Me ha vendido bien —dije a pesar de todo lo ocurrido, porque afortunadamente habíamos salido siempre airosos.

—Hemos intentado cuidar el uno del otro —intervino Liam buscando con complicidad mis ojos.

—Es cierto —dije con una sonrisa tranquilizadora y los míos pasaron de uno a otro.

—Más te vale por la parte que te toca —apunto el chico—. Si no hubieses intentado vender…

—Basta. Por favor —lo acallé con voz cansada.

Álex miró de nuevo a su amiga y ésta arqueó una ceja, lo que hizo que la expresión se tornara aún más fastidiada.

—¿Y tú estás bien? —preguntó Liam.

—Sí. Perfectamente, gracias —respondió fríamente y sin mirarlo si quiera—. ¿Iris, no ha venido Héctor con vosotros?

—No ha podido por la pierna, ¿recuerdas? ¿Cómo vais a volver vosotros? —pregunté.

—Tenemos otras herramientas —respondió la chica—. Y prisa, Álex. Tenemos que regresar o se darán cuenta de que falta todo esto además de nosotros.

Él confirmó con un movimiento de cabeza.

—¿No estarás haciendo nada que no debas? —pregunté sin obtener respuesta.

—Vas a tener que contarnos muchas cosas cuando volvamos a vernos —dijo Liam con admiración.

Yo estaba más preocupada que otra cosa. Primero por si estaba bien y ahora que sabía que lo estaba, porque no se metiese en líos. Era agotador.

—Ten mucho cuidado. —Escuché a Liam durante nuestro abrazo de despedida.

—Vosotros también —respondió Álex.

Ninguno de los dos hizo ademán de abrazarse. Uno porque seguía sin confiar en su padre e imagino que el otro por miedo a sufrir otro rechazo.

Pedí a Liam que viajase en el asiento del copiloto para que pudiese descansar y subimos al todoterreno dispuestos a llegar hasta el final de aquella aventura.

—Es... es increíble. Son como superhéroes. —A través del asiento del copiloto, observó cómo se alejaban, impulsados por algo que los hacía saltar a gran distancia.

—Sí. —Reí.

Se hizo el silencio durante un largo rato y aproveché para recapitular sobre el modo zen en el que habíamos empezado aquel amanecer y como había transcurrido hasta llegar al momento del que no habíamos vuelto a hablar. Esos pensamientos eran continuamente interrumpidos por el recuerdo de todo lo aterrador sucedido en la casa museo.

Miré un segundo a Liam, absorto en la oscuridad que había tras la ventanilla. Pensé que a él le sucedía lo mismo. Era el primer momento de respiro desde que había empezado el día y ambos necesitábamos tiempo para procesarlo.

Me sentí de nuevo avergonzada por lo que había pasado aquella tarde entre nosotros, por cómo me había dejado llevar finalmente, de una forma tan descocada. Mal por Héctor pero también algo excitada al recordarlo, lo que me llevó por enésima vez a la horrible situación que vivimos después.

—Me odia —anunció Liam con tristeza, y agradecí que me sacara de aquel bucle.

—No, que va.

—¿Ah, no? ¿Crees que mejorará la cosa en algún momento? —preguntó.

—Estoy segura de ello. —Intenté tranquilizarlo—. En cuanto vea como eres en realidad se le pasará. Ya lo has visto, estaba menos cabreado de lo que pensé. No tienes de qué preocuparte.

Pero se notaba que seguía estándolo además de débil y abatido.

—Me duele la cabeza —dijo.

—Lo imagino. ¿Llevas algo en el botiquín?

—No. Solo para heridas y esas cosas.

—Intenta dormir, ¿vale? —Me dolía verlo así. Me dolía mucho.

—Creía que habías cambiado con respecto a mí pero has dudado antes, cuando me ha acusado de querer averiguar la ubicación de Sabrina para solo Dios sabe qué.

Mierda.

—Lo siento. Lo siento de veras.

—Sé que a ti tampoco sigo sin caerte demasiado bien pero tú tampoco eres perfecta, Iris. Tu rollo positivo es cargante a veces.

Sonreí, porque aunque no podía estar más equivocado con lo primero, admitía que tenía razón con eso último.

—No me caes mal. Tenías tus motivos para actuar así. Has conseguido cambiar como querías y también me has hecho cambiar a mí. Llevaba meses sin alejarme del asentamiento, más allá del río. Atrapada, aterrorizada por lo que me esperaba en el mundo exterior si salía, sobreprotegiendo a Álex también.

—¿En eso pensabas cuando te encontré allí sola?

—En parte. Héctor me pidió que nos casásemos en una ceremonia simbólica y necesitaba pensar. Algo así es importante por el significado, ¿sabes? Incluso más aun por ello.

—¿Y qué decidiste?

—Nada. Decidí dejar que todo fluyera, que todo pasase como tenía que pasar.

«Y entonces apareciste tú».

—¿Y lo tienes más claro ahora? —Le escuché bajito.

—Sí. —No deseaba casarme con Héctor. Ni quería irme a vivir con él en soledad pero temía su reacción al saberlo, que se hiciera daño o se volviera loco. No sé por qué pensaba en aquello pero lo hacía.

Esperé otra de sus preguntas pero no dijo nada y al mirarlo comprobé que se había quedado dormido. Dudé un instante pero finalmente y aprovechando que no me escuchaba, dije a media voz:

—Lo único que tengo claro es que ahora que has vuelto a mi vida no quiero que te vayas.

Ni yo misma sabía con seguridad si lo que sentía por Liam era real. Necesitaba decirlo en voz alta para ver como sonaba.

Y sonaba de maravilla.

Pasase o no algo entre nosotros, lo llevaba dentro desde hacía demasiado. Aunque él no sitiera nada por mí porque no tuviese intención de enamorarse de nadie. Pero después de lo que había sucedido entre nosotros horas antes, de haberlo tenido dentro de mí y de haber pensado que estaba muerto…

Necesitaba descansar para poder encararlo todo con claridad. Eso era lo que necesitaba.

Casi una hora después llegamos hasta la entrada de lo que había sido nuestra ciudad y dejé el todoterreno aparcado entre la multitud de automóviles.

Lo desperté con delicadeza pero se incorporó violentamente. De no apartarme me hubiese agredido. Me pidió disculpas bastante afectado. No me hizo falta preguntar con qué había soñado.

Buscamos en el maletero algo que pudiese sernos de utilidad y encontramos una linterna de mano. Decidimos utilizarla en lugar de las frontales para no gastarlas. Cuando llegamos a la estación de metro indicada, tras sortear la hilera de vehículos que había intentado abandonar la ciudad y la creciente maleza, ya hacía rato que llovía torrencialmente. Lo primero que hice fue aprovechar para quitarme la sangre de la cara.

Por desgracia la linterna de Ambros se apagó nada más entrar. Buscamos de nuevo las frontales pero la de Liam ya no encendía así que usamos la mía.

—Apenas me duele la cabeza ya pero sigo agotado —comentó.

—Yo también. Y estoy muerta de frío.

Estábamos empapados por la lluvia, hasta tal punto que goteábamos agua, y tenía los pies helados por el alcantarillado encharcado tanto en el exterior como en la estación. Además, también nos habíamos detenido un momento a llenar las botellas con el agua de lluvia.

Al bajar a las vías la situación empeoró. Encontramos todo inundado y tuvimos que caminar con el agua hasta la cintura, nadar un pequeño trecho hasta llegar a uno de los puntos indicados, algo más seco, afortunadamente.

A partir de ahí debíamos recorrer los túneles hasta salir en la parada en concreto.

—Oye, ¿qué te parece si intentamos secarnos y descansar lo que queda de noche? Ya sabemos que Álex está bien. —Él nunca lo pediría así que lo hice yo.

—Vale. Sí —dijo con alivio el muy cabezota.

Avanzamos a través de la vía y elegimos un vagón bien adentrado en el túnel. Una de las puertas de entrada era la única abierta. A medias, para ser exactos, por lo que tuvimos que esforzarnos para abrirla lo justo para entrar. Las que interconectaban los vagones estaban ambas selladas.

Una vez dentro, forzamos un lado de la puerta cada uno, para cerrarla algo más, haciendo imposible que alguien pudiese entrar sin que nos diésemos cuenta. Sacamos de las mochilas la lámpara de gas que Liam había conservado y la encendió.

Lo primero que hicimos fue buscar ropa seca en la mochila. La que llevábamos puesta seguiría mojada un millón de años más.

—Cuando las unifiqué cogí una muda para ti y la que llevabas entre tus cosas.

—Gracias —dije mientras la aceptaba de sus manos, deseando sentir en mi piel algo seco.

—Descansa tú primero —me pidió—. Yo vigilaré.

—Ni hablar. Además, de todas formas no creo que ninguno de los dos aguantemos despiertos la guardia, Liam. —Ambos necesitábamos descansar. De no hacerlo nos pasaría factura física y mentalmente—. Creo que aquí podemos estar más tranquilos que en otro sitio y pasar una buena noche.

—No sé, Iris. Debemos mantenernos… —dijo intentando quitarse con dificultad la camiseta empapada.

—Espera, deja que te ayude.

—Me golpearon en el hombro y todavía me duele.

—Vale, tranquilo—. Terminé de subirle la camiseta hasta quitársela y al mirarlo a los ojos bajo los mechones goteantes, se me erizó la piel aún más de lo que ya la tenía por el frío. Ninguno de los dos desvió la mirada del otro.

—¿Te has dado cuenta de donde estamos? —preguntó relajado.

Claro que me había dado cuenta. Sonreí y solo entonces él lo hizo también.

Era nuestra ciudad. Era nuestro metro.

—Vamos, desnúdate tú también. Estás temblando —me pidió con voz suave.

Acarició la piel de gallina de mi brazo y mis ojos se posaron en su torso desnudo y mojado. El recuerdo de lo sucedido entre nosotros horas antes me golpeó de nuevo y no fue precisamente un golpe doloroso.

—Sí —respondí, pero él fijaba la vista en la camiseta mojada adherida a mis pezones firmes por el frío. Tan concentrado en ellos estaba que no percibió que me estaba dando cuenta.

—Voy a cambiarme —le informé y solo entonces volvió a mirarme.

—Vale.

Me aparté para vestirme con un pantalón corto de color caqui y la camiseta que Liam había guardado para mí y agradecí que su mochila fuese impermeable ya que la mía no lo era.

Estaba helada. Destemplada. Temí incluso estar a punto de enfermar o que la herida de la mano se me hubiese infectado, pero parecía estar bien cuando cambié el vendaje después de quitar los pequeños cristales que aún seguían en mi piel, martirizándome hasta ese momento.

Cenamos rápido las provisiones que nos quedaban y solo cuando íbamos a echarnos a dormir, caí en que Liam había unificado las mochilas deshaciéndose de un saco. Lo desenrollé en el pasillo del vagón.

Dudamos, y después de discutir quién debía dormir en él; si la que había recibido la paliza o el que había estado a punto de ser hecho pedacitos, lo decidimos a través de un piedra, papel, tijera que gané yo con mi piedra.

—Me sabe mal, Liam. Creo que deberías ser tú.

—He dormido en sitios peores, créeme. No te preocupes— respondió acomodándose sobre tres asientos en hilera a mi izquierda.

Me introduje en el saco antes de quitarme el short para dormir más cómoda una vez pasado el frío y después de apagar una de las lámparas, dejando la otra en mitad del pasillo, me quedé profundamente dormida.

Desperté sudando, gritando en sueños, algunas horas después. Intentando apartar al caníbal de mí. Liam se acercó al saco y me abrazó, haciendo que me acurrucase de lado.

—Shhh. Ha sido una pesadilla, es normal. Tranquila, estás conmigo.

Durante los primeros segundos tuve ganas de llorar. Era como si siguiese dentro del sueño todavía. Me aferré con fuerza a una de las manos de Liam que me abrazaba desde atrás, sintiéndome más segura, y se vio obligado a acoplarse a mi cuerpo detrás de mí.

—No te vayas, duerme en el saco —le pedí.

—¿Estás segura?

—Sí, aquí descansarás mejor.

—Vuelve a dormirte —susurró.

Lo intenté pero sentía su cuerpo pegado a mí, ardiendo como el mío. Su respiración pausada y tranquila en mi oído. El tacto de su mano sobre la mía. Nos quedamos así un rato. Me moví un poco, notando que había algo en él que, pese al cansancio, estaba más que despierto contra mis glúteos pero no quise moverme. Me mordí el labio inferior por la agradable sensación en el bajo vientre que me causaba.

Entonces mi trasero se movió contra su sexo instintivamente, como si lo reclamara. Liam se apretó más contra mí, dándome lo que quería y solté su mano, que acarició mi piel bajo la camiseta hasta pasar los dedos bajo la cintura de las braguitas.

—Iris… —Pareció dudar un instante pero empezó a deslizarlas por mis caderas mientras yo me movía para ayudarle.

Jadeó suavemente mientras su miembro se endurecía todavía más y se separó un momento de mí. Yo seguía de lado, de espaldas a él, notando el roce de la tela mientras se bajaba las bermudas.

Pero de golpe se hizo el silencio. Se apartó, justo al mismo tiempo que me colocaba boca arriba.

—No quiero ser un error del que te arrepientas mañana —dijo subiéndose el pantalón, evitando mirarme—. Será mejor que vaya a… intentar dormir en aquellos asientos.

Señaló los del final del mugriento vagón, en la otra punta, en lugar de los que había ocupado durante la noche. Cogió algo de su mochila y se alejó desapareciendo en las sombras que proyectaba la lámpara de gas.

No supe qué decir. ¿Acaso convencerle para que volviera y acabar lo que habíamos empezado? ¿Decirle que no volvería a pasar jamás?

Tenía razón. Había estado muy cerca de complicarlo todo y me sentí culpable. Lo sucedido aquella tarde había sido necesario pero de haber pasado de nuevo, con toda la intención… Héctor no se merecía algo así. Confiaba en mí.

Me quedé allí, inevitablemente encendida por Liam. Por lo que había estado a punto de suceder. La sensación era insoportable hasta casi doler y tenía que sofocarla. Acabar con aquello de la única forma que podía.

Me acaricié el vientre pensando en mi novio, cuidando de no moverme demasiado para que no se diera cuenta, pese a estar lejos y de espaldas a mí. Bajé hasta mi feminidad con disimulo, ya muy húmeda y me acaricié allí, pero mi mente no quería a Héctor, ni mi cuerpo tampoco.

Volvía una y otra vez a Liam y acabé dejándome llevar por lo que realmente me causaba placer en ese momento: saber que él me deseaba también, imaginar lo que podía haber sucedido de nuevo entre los dos, bajo aquel saco.

Lo recordé ayudándome a desprenderme de las braguitas y en ese punto mi fantasía continuó. Volvía a mi cuerpo tras bajarse las bermudas lo justo para entrar en mí. Yo me ladeaba un poco para dejar que su lengua entrara en mi boca mientras mis dedos se perdían en su pelo, arqueando la cadera para que entrase con facilidad. Sin detenernos tan siquiera a buscar protección. Y aquello se mezcló con el recuerdo real de la tarde anterior: el calor de su lengua, el cosquilleo de su barba sobre mi piel, su cuerpo acariciando el mío, sus caderas entre mis piernas, moviéndonos al compás cada vez que entraba en mí una y otra vez. Una y otra vez. Cada vez más rápido, más intenso, más profundo. Una y otra vez. Una y otra vez. Una y otra... vez.

Acallé el rápido e intenso orgasmo como pude, liberada, al mismo tiempo que escuchaba el suyo en mi imaginación. Tan vívido como si fuese real.

¿O acaso lo había escuchado realmente?

Me quedé dormida.

Al despertar nos preparamos en silencio para continuar nuestro viaje por los túneles, siguiendo exactamente la ruta marcada. La incomodidad de lo sucedido la noche anterior se fue disipando poco a poco y aunque lo notaba más serio de lo habitual en los últimos días, nuestro trato volvió a ser cordial, solo que la tensión sexual no resuelta —al menos conscientemente— se palpaba en el ambiente de forma muy evidente. Mucho más que al conocernos y al reencontrarnos.

Logramos llegar al exterior evitando las zonas que debíamos y el sol de aquel magnífico día de verano nos cegó.

Aquella zona de la ciudad, ya pasado el muro de ruinas, no estaba mucho mejor acondicionado que el resto o estaba incluso peor pero estaba protegida.

Caminamos con cuidado a través del asfalto y la maleza, con los altos edificios semi destruidos como únicos testigos. Y vimos como a medida que nos adentrábamos, había más personas que hacían vida allí.

9 LA LLEGADA

Descansaba tirada en aquella cómoda gran cama, después de haber dormido del tirón toda la noche.

El reconfortante abrazo de Álex al llegar y sus primeras palabras *«Tranquila, estoy bien»*, fueron señal suficiente de que todo había terminado por fin. Él había llegado varios días antes con la motocicleta y un grupo de buscadores del centro a quienes había encontrado a la entrada de la ciudad.

Después de que Rebeca, la ayudante de Sabrina, nos inscribiera en los archivos de visita. Mi amiga nos recibió con alegría y nos dio una habitación para cada uno cerca de la de Álex.

Terminé las pocas provisiones que me quedaban y que había repartido con Liam y perdí el mundo de vista en aquella habitación, durante más de catorce horas.

Nos habían prometido una ruta por las instalaciones y explicarnos un poco sus planes hasta la medida de lo posible, ya que había cosas que prefería no desvelar. Lo único que sabíamos era que todas sus investigaciones las hacían en un gran aparcamiento subterráneo bajo el hotel, acondicionado en tiempo récord.

¿Cómo mantener en secreto algo así? No lo hacían.

Tras el abandono de los invasores, solo unos pocos habían regresado a las ciudades intentando retomar sus vidas, ya que el campo empezaba ofrecer de nuevo cultivos y en unos años carne y pescado, aunque muchos habían decidido no consumir para proteger las especies.

La gente de Sabrina se abastecía a través de exploraciones y viajes para encontrar recursos para alimentarse, como hacíamos nosotros. Utilizaban una zona de la parte exterior del hotel como invernadero y sus habitaciones para acoger al equipo —unos pocos científicos, médicos e ingenieros supervivientes de todo el país que debían aplicarse en campos ahora desconocidos, como ella misma entre otros— y seguidores que confiaban en su idea y aprendían cada día diferentes disciplinas. No era la única impulsora de este movimiento, sino que existían algunos otros con los que se comunicaban por radio.

Me di una ducha, agradeciendo encontrarme en un lugar de personas con recursos, y me puse lo que Brina me había dejado: ropa interior limpia, un peto corto de color verde, una camiseta de tirantes negra y unas sandalias marrones que me iban algo pequeñas.

Me miré al espejo y me sentí guapa por primera vez en siglos mientras me trenzaba el cabello a un lado. Pese a los cardenales aún visibles en mi cara.

Antes de intentar contactar con Héctor por radio, bajé a lo que era el restaurante comedor y encontré a Liam terminando de desayunar frente a la mesa de la entrada.

Respiré hondo al verlo también recién duchado y con una sencilla camiseta azul bondi que le sentaba de maravilla.

—¿Has dormido bien? —preguntó cuando me senté con una taza de café y un croissant de ayer sobre mi bandeja.

—De maravilla. ¿Y tú? ¿Qué tal tu hombro?

—Mucho mejor. Solo necesitaba descanso.

Desayuné silenciosamente, concentrada en la comida y sin saber qué decir pero él sí me miraba a veces, muy callado y de forma extraña. Golpeaba repetidamente, contra la mesa, la cucharilla que había utilizado. Nervioso.

Justo cuando iba a preguntarle si todo iba bien, habló:

—He desayunado con Sabrina. Se ha ido poco antes de que vinieras.

—¿Ah, sí?

—He notado que es… ósea, ella antes era…

—Ella antes era él, sí. Pero hace siglos de eso. ¿De ese tema habéis hablado? —Sabía que no.

—No, claro. Están preparando una fiesta esta noche. Y la verdad, me apetece. Después de todo por lo que hemos pasado tengo ganas de estar con vosotros en algo más relajado.

—Me alegra que digas eso. La verdad es que después de los bichos, los alienígenas y los caníbales, a mí también me apetece —respondí con sinceridad y una sonrisa que me devolvió antes de desviar la mirada.

—La fiesta es por el aniversario y de despedida porque vuelve a marcharse. Esta vez hacia el oeste.

—Sí, ella es así. No puede estarse quieta en un sitio mucho tiempo.

—Me ha dicho que Álex quiere ir con ellos pero aún no lo hemos hablado.

—¿Cómo? Pero es menor de edad. —Sentí un ligero mareo.

—Lo sé, aunque eso no tiene mucho sentido ahora, ¿no crees?

—Él siempre me dice lo mismo.

De pronto entendí a donde llevaba esa conversación y sentí ganas de llorar.

—Has decidido que va a ir y tú lo acompañarás. ¿Es eso? —pregunté sabiendo la respuesta.

—No tengo un sitio al que ir. Solo a mi hijo. Es mi oportunidad para recuperar el tiempo perdido y volver a ser su padre, y de hacer algo importante con él.

—Hace días no creías en eso tan importante.

—Hace días no era el que soy ahora. Ni tenía lo que tengo.

—Ajá —. Di el último sorbo al café bajo su atenta mirada.

Por eso había estado tan nervioso durante mi desayuno. Estaba segura de que había estado dándole vueltas a cómo decirme aquello.

Para mí tampoco había sido fácil escucharlo. Separarme de Álex me rompía el corazón como también… separarme de él llegado el momento y regresar con Héctor, sí, pero era algo que debía hacer.

Cada uno debía tomar su camino pero estaba decepcionada y molesta. Sabía de sobras que no era nada de Álex y que no tenía derecho a que me consultase pero esperaba que me hubiese comentado algo así.

—Ya veo que ni tan siquiera te has planteado hablarlo conmigo. Lo has decidido y punto —dije enfadada.

Me sobresalté al escuchar las patas de su silla arrastrarse sobre el suelo. La pareja de ancianos sentados unas mesas más allá también.

Liam se ladeó del todo hacia mí, me tomó la mano y soltó a bocajarro:

—Ven —titubeó—. Ven con nosotros.

—No me necesitas para hacer las paces con Álex. Sé que es algo frío contigo todavía pero puedes hacerlo solo.

—No tiene nada que ver con eso, ¿es que no lo ves? Siento algo especial por ti desde antes de toda esta mierda y no me refiero solo a este viaje. Algo que estaba deseando averiguar a donde me llevaba, como dijiste que te había pasado a ti conmigo. Encontrar a Álex es lo más jodidamente milagroso que me ha pasado en la vida y que tú estuvieras con él, increíble. Siento de veras no ser para él lo que hubiese imaginado de mí, ni lo que tú hubieses esperado después de tantos años pero...

—¿Qué esperaba de ti? ¿De qué estás hablando? —Lo miré un instante, sonrojada aun después de todo lo que había sucedido entre nosotros.

Desvié la mirada hacia la puerta, distraída por el sonido de unos tacones desde el fondo del pasillo y vi la bata blanca de Rebeca, acercándose acompañada de alguien más mientras Liam seguía hablando:

—¿Que de qué estoy hablando? ¿No me he explicado bien? Hablo de ti y de mí hace seis años y de ti y de mí ahora. Los días que hemos pasado juntos. Lo nuestro sigue, Iris.

—Lo nuestro —repetí con sorpresa al comprobar que no había sido una sensación únicamente mía.

—Sé que llego con cinco años de retraso pero...

Al darme cuenta de quién venía con ella, volqué de un manotazo la taza de café todavía medio llena.

Liam no entendía nada y me miró estupefacto ponerme en pie justo cuando Rebeca y su acompañante entraban.

—Aquí están —le indicó amablemente ella antes de dirigirse a nosotros—. Sabrina os espera en su despacho en quince minutos.

Héctor me abrazó con fuerza y me besó con intensidad sin importarle que Liam estuviese delante, o puede que lo hiciese así precisamente por eso.

—Gracias a Dios que estás bien, cariño —dijo después.

—¿Qué… qué haces aquí?

—No podía dejar que hicieseis esto solos pero creí que os alcanzaría antes, la verdad. Debo haber venido detrás vuestro todo el tiempo.

—¿Has llegado por la entrada del este?

—Sí. Hola —dijo dirigiéndose a Liam.

Extendió su mano en un saludo más amistoso de lo esperado que completó con un apretón en el brazo. Liam le devolvió el saludo antes de decir:

—Os dejo, luego nos vemos.

Salió de allí sin mirarme siquiera, lo más rápido que pudo o eso me pareció.

—He visto a Álex, está muy bien.

—Sí —dije aún con la vista puesta en la puerta.

—Pero… ¿y tú pierna? —pregunté al ver que no la llevaba vendada.

—Mucho mejor. Aún me duele pero nada comparado con el miedo que he pasado. Tenía que verte. No sabes las ganas que tenía. Eso es lo que ha hecho que me curase tan rápido. Estoy seguro. —Volvió a abrazarme—. Temía encontrarte muerta o algo peor. Estoy agotado, ¿me llevas a tu habitación? Mi macuto está en la recepción.

—Claro, vamos —dije sin creérmelo todavía.

Quince minutos después dejé a Héctor descansando y bajé puntual al despacho de Sabrina como habíamos quedado. Liam aún no había llegado.

—Vaya, pensé que la llegada de tu novio retrasaría el tour, ya me entiendes —Me guiñó un ojo.

—Estaba cansado para eso —mentí, recordando como nuestro beso en la habitación habría dado paso a algo más de no haberlo apartado de mí tras una discusión.

Después de ponerme al corriente de la situación del asentamiento y de que le había explicado todo a Susana una vez calculó que estábamos lejos, yo le había propuesto ir con Brina o unirnos a ellos tras ayudar en el traslado del asentamiento.

Se había negado.

—Prométeme que no te irás —suplicó muy nervioso—. No soportaría separarme de ti otra vez, sabes que no sobreviviría y que podría llegar incluso a…

—No sigas, eso no va a pasar —dije asustada, y lo besé.

Después había intentado convencerme para que anulase la visita y me quedara con él después de tantos días sin vernos.

Sabrina me sacó del flashback cuando se levantó de la silla y salió de detrás de su mesa con un sedoso vestido veraniego azul celeste. Desde que había llegado me sentía como si lo del exterior no existiera, como si no hubiese sucedido nunca.

Me miró apoyando el trasero en su mesa, esperando algo.

—¿Qué? —pregunté.

—¿Cuándo vas a contarme lo de Liam? —preguntó con su levemente profunda voz—. Te aseguro que cuando Álex se presentó aquí contándome que su padre estaba vivo y había llegado hasta vuestro asentamiento… aluciné.

—Sí, es bastante increíble.

—¿Y qué vais a hacer? Porque entre la conversación que he tenido con él esta mañana y tu cara ahora, puedo asegurarte de que en la ecuación Liam-Iris-Héctor sobra alguien. Por no hablar de vuestra energía cuando estáis juntos, eso os haría muy fuertes en ese sentido.

—Tú eres fuerte y estás sola.

—Yo no necesito a nadie para elevar mi energía. Conmigo misma me basta, como todos en realidad. Incluidos tú y él. Imaginad lo fuertes que sois por separado que os habéis atraído el uno al otro después de cinco años de caminos diferentes. Imaginaos estando juntos.

—¿Has tenido tú algo que ver con…?

—No. Creo que él ya lo tenía claro cuando ha despertado esta mañana. Solo quería a alguien que le dijera que hacía bien y lo animara un poco.

—¿Y crees que es lo correcto?

—Por mucho que lo pienso no encuentro un desenlace mejor que ese. Lo tenéis tan fácil los tres, cariño… Es un regalo del Universo y no estaría bien rechazarlo —dijo medio en broma medio en serio—, ¿no crees?

Claro que lo creía.

—Héctor… lo destrozaría, Brina. No quiero hacerle ningún daño.

—¿Y prefieres hacérselo a Liam? Por no hablar de Álex y de ti misma. Sinceramente, no comprendo tus dudas cuando es evidente que una de las opciones solo hará daño a una persona y la otra a tres.

Lo cierto era que creía a Héctor capaz de hacer una locura y no podría vivir sabiendo que se había quitado la vida por mi culpa; por el daño que le había causado.

—¿Y bien? ¿Qué vas a hacer?

—No lo sé —respondí desanimada.

—Oh sí que lo sabes. —Golpeó suavemente mi pecho con un dedo de perfecta uña fucsia—. Éste sabe muy bien lo que quiere.

Claro que lo sabía. Quería ir con Liam y Álex.

La verdad era que llevaba enamorada de él desde el primer minuto. Llevaba enamorada de ambos desde aquella tarde en el metro, pero lo que se quiere y lo que se debe hacer no siempre casaban.

Llamaron a la puerta y padre e hijo asomaron la cabeza.

—Mirad a quién me he encontrado por aquí —anunció Liam.

Álex seguía teniendo cara de circunstancias junto a su padre. Debíamos tener una conversación cuanto antes. Sobre todo si iban a compartir viaje.

Brina nos mostró las instalaciones, impolutas pese a estar construidas aprovechando un aparcamiento subterráneo. Los ingenieros y estudiantes trabajaban en artefactos y armas con la tecnología alienígena que algunos grupos de resilientes habían conseguido y conseguían de los Permanentes y de los restos que habían dejado abandonados. Aunque eran prototipos con vida muy limitada, algunos de esos artilugios unidos a la energía humana, podían hacer grandes cosas como ya pudimos comprobar la noche que Álex y sus amigos nos salvaron.

También había una zona destinada al entrenamiento físico y de emociones para que no pudiesen volver a controlarnos y mantener nuestra energía elevada y utilizable.

Sí, era un arma de doble filo. Cuando regresaran, no renunciarían a algo tan poderoso sin luchar.

Brina y Rebeca nos explicaron que para los niños que habían nacido y crecido en ese mundo, como Álex, era mucho más fácil mantener la vibración de su energía en el mismo punto porque no tenían una vida anterior que comparar y les entristeciera.

La visita terminó al atardecer, en el interior del invernadero, iluminado en su interior   con partes de los artilugios alienígenas mezcladas con antiguas bombillas.

—En dos días partimos hacia el oeste, varios de nosotros. Han encontrado una nave madre en el mar. Será una tarea difícil saquearla y necesitaremos toda la ayuda posible —informó Brina inspeccionando una fresa que tenía muy buena pinta.

—Quiero ir, Iris —pidió Álex.

—Eso ya no depende de mí, cariño. Pero creo que tu padre está de acuerdo.

—¿De verdad? —preguntó a Liam con los ojos brillantes.

—Claro que sí.

Pero su expresión se ensombreció enseguida.

—¿Y Héctor y tú? Quiero que vengáis vosotros. Sé que a ti te encantaría.

—Nos vemos luego, ¿de acuerdo? —anunció Sabrina—. Yo tengo que irme.

—Os llegará ropa para esta noche —avisó Rebeca colocando las gafas de montura azul frente a sus ojos verdes—. Toca vestirnos de fiesta.

Asentí y apreté amistosamente mi brazo antes de salir.

—Nosotros tenemos el traslado del asentamiento, ¿recuerdas? —respondí a Álex continuando con la conversación.

—Pues venid después, ayudadles y reuníos con nosotros.

—Yo te acompañaré, hijo —dijo Liam con cierto miedo en su voz—. Si es eso lo que te preocupa.

Asentí con lágrimas en los ojos.

—Él cuidará de ti. Sabíamos que este momento llegaría, Álex. Desde el momento en el que decidiste ir.

Cuando Álex me abrazó no logré contener las lágrimas ante aquel arrebato maravilloso. Él y Liam tampoco.

—Vamos, aún queda esta noche para estar juntos, ¿vale? —dije como pude.

—Vale —contestó no muy convencido.

Cuando oímos a sus amigos llamarlo en el exterior, se separó de mí y rápidamente se secó los ojos.

—Piénsatelo un poco más —volvió a pedirme.

—Está bien —mentí para que se fuese tranquilo con sus amigos—. ¿Nos vemos en la fiesta entonces?

—Claro —anunció antes de salir.

Liam y yo volvíamos a estar solos después de la conversación del desayuno.

—No vas a venir, ¿verdad?

Negué con la cabeza sin poder articular palabra.

—No comprendo como eliges a tu novio en lugar de a Álex.

Me aclaré la garganta y logré recomponerme.

—Estará bien contigo que es con quién debe estar —dije.

—Y contigo, Iris. Contigo también.

—Creo que será mejor que me vaya —dije disponiéndome a salir.

—¿Y qué hay de nosotros? —Escuché y me detuve en seco—. No me sentí un violador mientras tuvimos sexo. Sé que disfrutaste tanto como yo y no solo a ese nivel, de lo contrario no te hubieses recuperado tan rápido, no soy estúpido. ¿Me equivoco?

—No —dije conteniendo las lágrimas viéndole acercarse.

—Te escuché en el coche. ¿Crees que fue fácil rechazarte en el metro sabiendo que sentimos lo mismo?

«*Oh Dios mío*».

—Cállate por favor.

—Dios, todo lo que ha salido de tu boca durante estos días sobre la energía y lo que se supone que experimentas sigue sonándome a chino incluso después de la visita que acabamos de hacer. Menos cuando estamos juntos. La siento cuando estoy contigo y ya era así cuando te conocí. Y sé que a ti te pasa también porque lo percibo. Lo percibo incluso ahora mismo. —Puso su mano sobre mi ardiente mejilla y se acercó aún más—. ¿Tú no lo notas?

La luz sobre nosotros parpadeó levemente justo en ese momento.

—Claro que lo noto pero… estoy con Héctor y creía que no querías tener una relación en esta situación —dije.

—Tú eres diferente.

«*¿Es que tiene respuestas para todo?*», pensé.

—Quizá estás confuso —rebatí—. Te aferras a mí porque te sientes agradecido y porque de alguna forma ya estaba en tu vida cuando ellos llegaron. Eso es todo.

—No es cierto. Quiero estar contigo, joder. Siempre he querido estar contigo —insistió—. Deja a Héctor. No te hace falta, sabes cuidarte sola y lo has demostrado con creces. Entiendo que habéis pasado por mucho juntos y que lo quieres por ello pero no estás enamorada de él. Ven con nosotros. —Tomé su mano de mi mejilla para apartarle pero no la solté—. Hazlo por ti, porque sé que deseas formar parte de todo esto. Aunque no quieras estar conmigo podrás hacerlo y estar con Álex.

—Quiero estar contigo, claro que quiero —confesé por fin, incapaz de mentirle a la cara.

La luz parpadeó de nuevo, esta vez más vivamente.

Liam se acercó todavía más, sonriendo, con la clara intención de besarme pero lo detuve.

—Conocí a Héctor en una farmacia, tirado en el suelo después de haberse tomado un frasco de pastillas porque acababan de matar a su mujer. Tengo miedo de que haga una locura si lo dejo, Liam. No podría vivir con eso en mi conciencia y mucho menos ser feliz contigo después.

—¿Qué? Pero alguna vez te ha dicho que…

—Sí. Muchas veces.

Me sentía atrapada. Me faltaba el aire en aquel invernadero rechazando al hombre del que estaba enamorada. Sintiendo además que lo traicionaba a él y no a mi pareja, pero la idea de que Héctor se suicidara me aterrorizaba.

—No puedes vivir así. Aún en el caso de que llegara a hacerlo sería decisión suya. Tú misma me lo has dicho cientos de veces estos días: es la forma en la que enfrentas las cosas.

—Si no lo hubiese visto con mis propios ojos no le creería, pero lo hizo una vez y podría volver a hacerlo.

—Te está manipulando, Iris —apuntó, con los ojos enrojecidos—. Como cuando te mantiene en ese asentamiento sin intentar si quiera ayudarte a superar tu miedo al exterior. Y ni siquiera sabe lo que realmente os sucedió. Y lo de su pierna, ¿no te parece raro que se haya recuperado así sin más?

—No se ha recuperado. Todavía le duele.

—Déjame que dude incluso de si realmente se hizo daño.

Fingí no haberlo escuchado porque también había empezado a dudarlo desde que apareció.

—Liam, tengo que quedarme con él. Lo siento. Y nunca habría tenido que decidir entre Álex y Héctor. Entre ellos no hay elección posible, solo una opción, pero ahora estás tú y podréis estar juntos como merecéis. Es lo mejor para todos. Con el tiempo esto que sentimos se disipará. Desaparecerá poco a poco.

Di un paso atrás y le di la espalda de nuevo dirigiéndome hacia la puerta, deseando salir de allí.

—He seguido pensando en ti durante cinco años y ni siquiera te había tocado. ¿Cómo esperas que te olvide después de todo lo que ha pasado entre nosotros?

No pude más. No pude hacer como si no me importara lo que él sentía, como si yo no sintiese exactamente lo mismo. Me acerqué de nuevo a él.

—Volver a encontrarte también ha sido lo más increíble que me ha pasado jamás.

Repetí aquellas palabras suyas aferrándome a su rostro con una mano y rodeándolo fuertemente con la otra antes de que mi boca ardiera sobre la suya. Me acercó a su cuerpo, abrazándome también.

La humedad de labios y lágrimas se mezcló y tuve la sensación de que nuestros cuerpos también lo hacían en uno. Me levantó del suelo durante aquel apasionado y furtivo beso de despedida y la bombilla sobre nosotros estalló, haciendo que aquella zona quedara en penumbra.

—Quédate conmigo —susurró cuando me dejó en el suelo.

—No puedo —Acaricié su mejilla cubierta por la barba.

Y salí de allí por fin, estremecida. Resistiendo a cada paso la fuerza que me arrastraba a él.

Esta vez no me haría caso.

10 EL FINAL

Me miré al espejo de cuerpo entero. Rebeca había elegido para mí un largo vestido lencero azul de tirantes con la espalda descubierta, ceñido hasta la cintura y con cierto vuelo desde las caderas. Mi largo cabello castaño, algo aclarado por el sol del viaje, caía en ligeras ondas sobre el hombro, como resultado de una trenza con el pelo mojado para conseguir el efecto. Me sentía algo disfrazada pero me gustaba.

—Estás preciosa pero demasiado sexy, ¿no crees? —observó Héctor tras de mí con su esmoquin negro—, y hacía tiempo que no te veía tan maquillada.

Me había dado un poco de colorete en crema, rímel en las pestañas y brillo de labios que me había dejado Brina.

Me abrazó por detrás y me besó el hombro.

—¿Me ayudas con la pajarita? Nunca se me han dado bien estas cosas.

—Claro.

Ésta iba con corchete pero era cierto que estaba un poco arrugada. Se veía muy guapo con el cabello recogido en un moño alto, los reflejos más dorados de lo habitual debido al verano.

Me besó y accedí lo justo para que no notara nada extraño pero finalmente lo aparté suavemente. Guardaba la esperanza de que poco a poco pudiese comportarme con él como antes, en todos los sentidos de pareja.

—¿Vamos? —preguntó.

—¿Me das unos minutos?

—Claro, voy bajando.

Salió de allí e inspiré profundamente sentada en la cama, pidiendo tener fuerzas para soportar la situación mientras expiraba. Temía el momento de la despedida de Álex, consciente de que vendrían tiempos duros.

Cuando creí estar preparada para seguir me dirigí hacia la fiesta, junto al vestíbulo del edificio. Habían dispuesto un ascensor funcional para ello pero era muy lento así que decidí bajar por la gran escalinata. Al fin y al cabo solo eran tres plantas.

Al llegar al primer piso tuve que tomar aire al ver a Liam junto a Héctor al pie de la escalera. No esperaba aquello en absoluto. Descendí con cierto mareo por la situación, que no mejoró cuando ambos se dieron cuenta de que bajaba.

—Está impresionante, ¿verdad? —Escuché a Héctor.

Liam no respondió, solo me observaba con su traje chaqueta azul oscuro y un chaleco que le iba un poco estrecho. Se había cortado un poco el pelo y recortado la barba para estar más presentable pero lo que estaba era irresistible.

Héctor me besó nada más llegar.

—Sabrina nos ha sentado con Álex—dijo—. ¿Vamos?

Entramos en el restaurante. Había siete mesas con siete sillas cada una. La nuestra situada junto a un ventanal.

—¡No puede ser! ¡Liam! —exclamó una impresionante rubia con un vestido negro largo y palabra de honor que no ocultaba en absoluto su gran canalillo.

Se abrió paso entre la gente pidiendo disculpas, ante la mirada de todo el género masculino, hasta llegar a nosotros.

—¿Gaby? —preguntó él sin poder creerlo—. ¡No te reconozco!

—Bueno, es que no nos conocimos precisamente en una cena de gala —dijo acercándose y besándolo en una mejilla con mucha sensualidad.

Luego dio una vuelta en sí misma para mostrarle lo provocativa que lucía y él la admiró, igual que Héctor.

—¿Estás solo?

—No, estos son Iris y su pareja, Héctor. Ella es Gabriela.

—Gaby, por favor. Encantadísima.

—Igualmente —dijimos.

—¿Sabéis dónde está mi hijo?

—Junto al invernadero, con sus amigos —respondió Héctor.

—¿Tu hijo? No puede ser… ¡Liam!

Él rio.

—Vamos, te lo presentaré —dijo alegremente y ella lo tomó del brazo.

—Necesitaremos toda la noche para ponernos al día. —La escuché mientras se alejaban—. ¿Podría sentarme con vosotros?

Guardaba la esperanza de que no lo hiciera pero llegado el momento se trajo su silla y lo hizo. Intenté no estar celosa pero no pude evitarlo. Aunque por fuera me comportase como si no me importara, guardando las apariencias frente a los demás.

Él era un hombre soltero y ella no disimulaba en absoluto su interés, dejando varias veces claro que habían tenido algo. Se conocieron buscando recursos en un supermercado y compartieron viaje unos "tórridos días".

—Como los que nos esperan a nosotros cuando volvamos a casa —dijo Héctor besándome el cuello.

Encontré la mirada de Liam puesta en mí justo en ese momento.

—Héctor, no delante de Álex —susurré.

—Ya es mayor —respondió quitándole importancia.

Después de la cena, Brina dio un pequeño discurso de fuerza y esperanza, y dio paso a una hora de música y baile tras la cual, los generadores dispuestos especialmente para esa noche se agotarían.

—¿Vienes al viaje? —preguntó Liam.

—Oh, no. Estoy aquí de paso. Tú te marchas mañana, ¿no?

Cuando él lo confirmó, ella le susurró algo al oído que le hizo reír. Desde luego había hecho bien mi trabajo y ahora disfrutaba plenamente del momento.

Let's get it started de Black Eyed Peas fue el primer tema en sonar.

—¿Vienes a bailar? —le pedí a Álex deseando levantarme de aquella mesa—. Hace mucho que no lo hacemos.

—Ya soy mayor, Iris.

—¿Mayor para bailar? ¿En serio?

Me puse en pie y alargué la mano hacia él.

—Está bieeeen —aceptó—. Pero solo lo hago porque luego me iré con mis amigos y no me veréis el pelo en toda la noche.

Todos rieron.

—Qué majo eres —dije con sarcasmo—. Anda, vamos.

Finalmente tomó mi mano y me siguió a la pista de baile ante la mirada de un Liam sonriente.

Bailamos un buen rato y el resto de la mesa se unió a nosotros, incluida Brina.

Llegado el momento perdí de vista a Álex, como había avisado que haría.

Aquella velada sirvió para que nos desahogáramos, para olvidarnos un poco de todo. Quitándole importancia a lo que en realidad no la tuviera. Mañana todo volvería a ser como es pero ahora… era ahora.

De pronto empezó a sonar *Dusk till down* que Zayn y Sia cantaron juntos en 2018 y todo el mundo se emparejó para bailar. Sonreí a Liam entre la gente, cerca de mí y él me correspondió. Héctor rompió la magia apareciendo y tomándome entre sus brazos.

—¿Dónde estabas? —le pregunté. Hacía un par de canciones que no le veía.

—Haciendo una cosa —respondió—. ¿Eres feliz? —me preguntó mientras bailábamos.

—No creo que sea un buen momento para preguntarme eso, teniendo en cuenta que Álex se marcha mañana y no creo que vuelva a verlo más.

—Lo siento, tienes razón. Es que está siendo una noche inolvidable para mí.

La verdad es que él no parecía tan preocupado como yo por nada.

—¿Lo echaras de menos? —le pregunté.

—Claro. Comodidades como estas no las tenemos en…

—Me refiero a Álex, Héctor. Te hablo de Álex —apunté molesta.

Vi a Liam bailando con Gaby y hablándole al oído.

—Sí, claro, pero ese momento iba a llegar después de todo. Él siempre tuvo inquietud por la aventura. Y cuando nos mudemos a la granja…

—Si nos mudamos.

—Si nos mudamos —rectificó—. Serás solo mía. Discúlpame por alegrarme de tenerte solo para mí pero soy un romántico. Ya lo sabes.

Bailamos en silencio el resto de la canción. No pude evitar mirar a Liam, aunque cada vez que lo hacía me dolía y ahogaba más.

Entonces empezó a sonar *I don't wanna miss a thing* de Aerosmith y quise morirme. Era la canción que escuchaba en mi reproductor de música la primera vez que lo vi. Brina lo sabía. La busqué, encontrándola en el atrio junto al dj.

Sabía que intentaba que recapacitara. Hacerme reaccionar.

Cuando Gabriela asintió a algo que Liam acababa de decirle y se marcharon juntos, sentí ganas de llorar sabiendo que lo que para mí siempre había sido una canción unida a un bonito recuerdo, pasaría a provocarme un nudo en el estómago.

No hubo una canción tras esa cuando terminó. El recinto se quedó en silencio y Héctor se separó de mí.

—Iba a pedírtelo en la cena de nuestro asentamiento, delante de todos nuestros amigos pero… ¿Quieres casarte conmigo? —Se puso de rodillas, delante de toda aquella gente, con la cajita abierta y un anillo dentro que ni miré—. Lo he hecho yo. Ricardo me ayudó en el taller del asentamiento.

La gente me observaba emocionada, esperando el ‹‹sí››, pensando que me parecía algo maravilloso pero no era así.

Le había dejado claro que no tenía una respuesta. Me sentí sin aire, presionada, manipulada. Estuve segura de que lo hacía de aquella forma porque no tendría más remedio que aceptar. Vi a Álex entre la gente. Me miraba de forma extraña, no parecía especialmente contento. Brina seguía sobre el atril, con las palmas de las manos unidas frente a la boca. También le había pillado por sorpresa.

—¡Vamos chica! ¡Dile que sí! —gritó una señora—. ¡La vida es corta!

—No —solté tras instantes de silencio.

—¿No? —preguntó él con incredulidad. Realmente pensaba que diría que sí.

—No —repetí.

Salí de allí sin prestar atención hacia donde, dejando atrás los murmullos, hasta el gran vestíbulo.

Héctor me había seguido y me detuvo.

—¿Por qué lo has hecho? Te dije que te daría una respuesta —le dije antes de que él hablara, respirando aceleradamente.

—Bueno, ya me la has dado, ¿no crees? Delante de todo el mundo. ¿No es suficiente prueba de amor, para convencerte, que haya llegado hasta aquí en mi estado? ¿Por ti?

—¿Por mí? ¿Seguro que no ha sido por celos?

—¿Pero qué dices? Ya entiendo. Estás buscando una excusa para dejarme. ¿Es eso?

Respiré hondo y después de que una pareja que parecía venir del jardín pasara a nuestro lado, respondí:

—Tenemos que hablar.

—Es por Liam, ¿no? Te lo has tirado.

‹‹*Sí, pero no a propósito*››, pensé y me dio la risa. Estaba muy nerviosa en aquel momento.

—¿De qué te ríes?

—De nada, Héctor. Lo nuestro se acabó. Lo siento pero no puedo seguir contigo. Quiero ir con el equipo de Sabrina y con Álex. No quiero separarme de él.

—Ni de su padre.

No quería meter a Liam en esto. La principal razón por la que abandonaba a Héctor era seguir cerca de Álex, unirme a Brina y su maravillosa idea pero había otras cosas. Siempre había habido otras cosas.

—Lo he visto irse con esa pedazo de mujer —dijo señalando la escalinata—. Ahora mismo se la está follando mientras yo he llegado hasta aquí cojeando por ti.

Lo cierto era que tampoco cojeaba demasiado. ¿Tenía razón Liam después de todo?

—Me da igual lo que esté haciendo ahora mismo —mentí—, porque eso no cambia el hecho de que no quiero seguir contigo. —Decidí suavizar el tono y ser también sincera en cuanto a lo que había sido muestra relación—. Hemos estado muy bien juntos, ha sido muy bonito, hemos superado muchas cosas y sobrevivido en este mundo de locos.

—Me estás matando. ¿Es lo que quieres? —Me cogió de la barbilla con fuerza e intenté desquitarme, tan asustada como sorprendida—. ¿Quién te crees que eres para dejarme así? No debí permitirte ir con él después de todo lo que me contaste pero quise ser un buen novio a tus ojos. Debería ser yo quien te dejara por comportarte como una zorra. —Pareció recapacitar y me di cuenta de que lo qué estaba haciendo era cambiar de papel—. Lo siento, lo siento mucho. Es que me aterroriza perderte. Te amo, Iris, a pesar de todo lo que me has hecho. ¿Quieres que me encuentren en otra farmacia con un bote de barbitúricos en el estómago?

Me sentía tan rabiosa, tan atacada…

—Lo que decidas es cosa tuya, Héctor.

No quería decirle que manipulando no lograría nada, ni hacer que se sintiera retado y acabase haciéndolo. Solo quería acabar lo mejor posible. Me soltó.

Me apoyé en la barandilla de la escalera, de espaldas a él, sintiendo aún la presión de su mano.

—Pero espero que te vaya muy bien, y que algún día no sientas la necesidad de obligar a nadie a estar contigo de esa forma porque no creo que lo necesites.

Esperé sus palabras y cuando me di la vuelta ya no estaba. Aunque sentí miedo por lo que pudiese pasarle, no era mi responsabilidad. Cada uno es dueño de las suyas.

Ahora lo único que me importaba era iniciar aquel viaje.

Volví a la fiesta, enfrentándome a las miradas de todos. Me serví un wiski de una bandeja y me lo bebí de un trago. Necesitaba relajarme. Busqué a Álex pero no estaban ninguno de los chicos. Intenté localizar a Brina entre la gente. No la vi dentro así que salí al porche, observando desde allí el jardín en pleno renacimiento. No parecía haber rastro de ella. Conociéndola, seguro que habría bajado al laboratorio.

Alguien se situó a mi lado y de reojo vi que era Liam.

—Hola. Creía que estabas con Gabriela —dije fríamente.

—¿Con Gaby? Qué va.

—Como os he visto salir...

—¿Estás celosa?

—Claro que no. Tú sabrás lo que haces.

—¿Crees que con mi hijo recién reencontrado iba a dejar la fiesta para liarme con la primera que pasa? Sí, me ha acompañado a mi habitación a dejar algo y sí, en la puerta se me ha insinuado pero le he dicho que no y he bajado un rato con Álex.

—Pensaba que...

—Ella no me interesa, Iris —me interrumpió—. ¿Crees que en unas horas he olvidado todo lo que siento por ti? ¿Lo que nos hemos dicho en el invernadero? —No respondí—. ¿Os quedaréis mucho por aquí antes de volver a casa?

—Acabo de romper con Héctor.

—¿Qué? —preguntó sin poder creerlo.

—Te has perdido algo digno de Youtube® si siguiera existiendo —dije con media sonrisa.

—La verdad es que Álex me lo ha contado pero no sabía lo sucedido después, teniendo en cuenta lo segura que estabas de seguir con él.

—No podía más.

—¿Estás bien?

—Sí, estoy bien. No te preocupes —dije mirándole.

—¿Y qué vas a hacer ahora chica del metro?

Reí al escuchar aquello y una ligera brisa me hizo sentir de maravilla.

—¿A qué viene eso? —pregunté ladeando mi cuerpo hacia él pero enseguida deduje a qué se refería—. ¿Así me llamabas?

—Antes de hablar contigo, sí.

—¡Qué original! —exclamé con sarcasmo.

—¿Ah, sí? ¿Y cómo me llamabas tú a mí antes de saber mi nombre?

—Puede que el del metro —respondí con la boca pequeña, como de pasada.

—¡Mucho más original, donde va a parar! —Rio pero enseguida se puso serio—. ¿Vas a venir con nosotros?

—Sí. Claro que sí.

Segundos de agradable silencio hasta que lo rompí:

—¿No vas a preguntarme por el otro tema?

—No quiero presionarte. Ya te dije lo que siento y lo mío me costó pero entiendo que si tiene que pasar algo entre nosotros en algún momento, pasará y si no pues…

—Siempre me preguntaba cuando darías el paso. Cuando me invitarías a salir.

—A mí me pasaba lo mismo. Hubiésemos podido tener nuestra pizza, peli y cerveza antes de que el mundo se acabara, si hubieses leído las señales. Deberías aprender a leerlas —bromeó.

Pero bueno, ¿de dónde había salido toda esta alegría y ese sentido del humor que me hacía adorarle todavía más?

—¿Qué yo debería aprender a leer las señales? ¡Esa sí que es buena!

Reímos juntos y lo empujé contra la pared envueltos en penumbra.

Me acarició el cabello y lo atraje a mí por las solapas de su chaqueta, poniéndome de puntillas para besarlo.

—¿Iris? —Antes de que nuestros labios se encontrasen, escuchamos a Álex acercándose al marco de la puerta por la que habíamos salido.

Liam apoyó su frente contra la mía, divertidamente fastidiado.

—¿Qué hacemos? —le pregunté en voz muy baja.

—Ve. Nos vemos luego a solas, ¿vale? ¿En mi habitación te parece bien? —respondió de igual forma.

—Donde sea, me da igual.

Me alejé saliendo a la luz y sin dar tiempo a su hijo a que traspasase el umbral.

—¿Dónde estabas? —preguntó.

—Tomando el fresco. —Lo cogí del brazo y entramos—. Tengo que hablar contigo.

Le conté que lo de Héctor se acabó y se alegró. Al parecer el pobre había ido a hablar con él para intentar convencerle de que nos uniésemos al viaje y mi ahora exnovio le había respondido que yo llevaba tiempo deseando que nos dejase solos, que por eso había ido a buscarlo, para cederle el testigo a su padre y poder iniciar una nueva vida en la granja teniendo mis propios hijos a quienes cuidar. No le creyó pero cuando quiso hablar conmigo se adelantó y me hizo la petición.

Valiente hijo de puta.

Lo primero que me preguntó después fue si aquello cambiaba mi decisión de ir con ellos y cuando le dije que sí, estalló de felicidad olvidando lo anterior. Después quiso saber si había algo más que quisiera contarle pero no fui capaz de hablarle sobre lo mío con Liam. Quería comentarlo con su padre para mantenerlo en secreto e ir mostrándoselo poco a poco, como si fuese algo cocinado a fuego lento.

Algo más tarde, cuando ya casi todos los invitados se habían retirado y había hablado con Brina de todo lo sucedido, decidimos ir a dormir.

—Creo que deberíamos tener una pequeña conversación sobre tu padre y tú —dije apretando el botón del ascensor que subía del vestíbulo—. ¿Tantos años esperando que volviese y cuando por fin pasa lo tratas así?

—Es que lo que pasó…

—Deberías sentarte a hablar con él, contarle como te sientes y que te dé su versión. Empezar el viaje lo mejor posible. Nadie como él podrá explicártelo mejor. No puedes ser rencoroso. Sabes que eso no es bueno, te lo he dicho muchas veces.

Cuando la puerta se abrió nos encontramos a Liam que venía de la planta inferior.

—¿Lo has pasado bien? —preguntó a Álex, situado frente a la puerta, de espaldas a nosotros.

—Sí, muy bien —respondió.

Liam rozó mi mano con la suya y nos miramos entre caricia y caricia. Cuando Álex se dio la vuelta inesperadamente, nos separamos.

—Por favor, mañana sed puntuales, ¿vale?

—Claro, cariño —respondí.

—Por supuesto —dijo su padre.

El ascensor llegó a su destino y los tres salimos en dirección a las habitaciones.

—Buenas noches —se despidió Liam.

—Buenas noches —respondimos antes de que entrara en su habitación, frente a la mía.

—Prométeme que hablaréis antes de iniciar el viaje —le pedí por enésima vez al chico—. Durante el desayuno, por ejemplo. Dale una oportunidad. Yo se la di.

—Porque te empeñaste en venir a buscarme.

—Y ha sido lo mejor que ha podido suceder. Todo pasa por...

—Todo pasa por algo, sí.

—Anda a descansar. Mañana será un día muy largo.

Me dejó darle un beso y se metió en su habitación.

Estaba emocionada por el viaje pero también tenía miedo. Sabía que no sería fácil, que nos encontraríamos con muchos peligros pero estaba dispuesta a todo porque él también lo estaba. Estaba dispuesta a todo para mejorar las cosas.

Frente a la puerta de mi habitación, me quitaba los zapatos de tacón cuando la de Liam se abrió sigilosamente. Iba descalzo, ya no vestía la chaqueta ni el chaleco y llevaba los dos primeros botones de la camisa desabrochados.

Antes de que llegara hasta él, extendió su mano y la tomé.

Me arrastró hacia su habitación y después de cerrar la puerta lo besé por fin, sin decirle nada. Una oleada de excitación me inundó por completo mientras me mordisqueaba la oreja. Hacía tantísimo tiempo que lo deseaba que con lo que había sucedido el día anterior y varias veces de nuevo en mi cabeza desde entonces, no me bastaba.

Intentó desabrocharme la cremallera de la espalda rodeándome con sus brazos, algo torpemente al no ver el cierre. En lugar de hacerlo yo misma, me di la vuelta apoyándome contra la pared y retiré mi ahora largo cabello hacia uno de los hombros. Esta vez lo hizo rápido y cuando iba a darme la vuelta de nuevo para mirarlo de frente, me bajó el vestido deslizándolo hasta el suelo. Resopló al ver que no llevaba ropa interior. Puso sus dos manos sobre mis pechos desnudos desde esa posición.

—Acaríciame —le pedí.

Y obedeció, empleándose a fondo en ello, con su cuerpo aún vestido casi soldado al mío. Recorriendo mi piel con sus dedos hasta detenerse entre mis piernas, haciéndome gemir.

Arqueé mi brazo para besarlo de medio lado, sedienta de él. Cuando me di la vuelta por completo me devoró con su boca hasta casi hacerme daño, demostrando que su necesidad era la misma. Le quité la camisa con urgencia y me ayudó a hacerlo. Me mordí el labio inferior cuando le tocó el turno a la cremallera del pantalón, recordando aún su virilidad contra mi cuerpo en el vagón. Él no perdía detalle de mi expresión, excitado también pero nervioso como si fuese la primera vez que pasaba algo así entre nosotros.

Aunque pensándolo bien, sí que lo era.

Casi antes de que pantalón y bóxer cayeran al suelo a la vez, les dio tal patada que los deslizó cerca de la cama. Después de coger un preservativo que había sobre la cómoda y apartar de un manotazo su mochila y el resto de los objetos desparramados sobre ella, me cogió en brazos y me sentó encima.

Arqueé las piernas sin esperar más caricias ni preliminares. Estaba más que preparada para recibirlo y él lo sabía muy bien cuándo entró en mí.

Fue muy distinto a la vez anterior. Casi como si aquello nunca hubiese pasado y fuese la primera vez entre dos personas que se habían contenido durante demasiado tiempo.

Fue sexo en su estado puro sobre aquel mueble.

Después, ya sobre la cama, llegué al éxtasis sobre su cuerpo, esforzándome al máximo después para que su final fuese tan bueno como el mío.

Completamente desatados.

No tardamos demasiado en quedarnos dormidos pero un rato después desperté con cierto sobresalto, soñando de nuevo con la noche anterior. Suspirando aliviada por encontrarme a salvo junto a él. Todavía sin creer como había cambiado mi vida en poco más de una semana.

—Liam. —Lo desperté y se removió de lado entre las sábanas—. Liam me voy a mi habitación.

—¿Qué? ¿Por qué? —preguntó abriendo uno de sus ojos para mirarme.

—Por si acaso. No quiero que Álex me pille saliendo de aquí.

—Tendremos cuidado hasta que hablemos con él, no te preocupes. Ven aquí. —Me atrajo hacia él bajo las sábanas y no me resistí. Todo lo contrario. Me sentí juguetona acomodada entre sus brazos.

—¿Sabes una cosa? Anteanoche en el metro.

—El día más largo de mi vida, sí —murmuró aún medio dormido.

—Sí —Medio reí, agradeciendo su esfuerzo por tomárselo con humor después de todo—. Cuando te alejaste… me habías puesto tan caliente que tuve que aliviarme pensando en ti.

Despertó por completo, abriendo unos ojos como platos. Como esperaba.

—¿De veras?

Asentí.

—Yo también lo hice. Es que... estuvimos demasiado cerca. Cuando me levanté de tu lado casi no podía ni andar. Por eso me alejé.

Escuchar aquello me encantó y seguí provocándole.

—Aunque en realidad no era la primera vez que lo hacía.

—Después de pasar el primer día juntos en tu asentamiento —afirmó con seguridad pero se equivocaba. Aunque me di cuenta de lo que acababa de decir.

—¡Liam! ¿En mi casa?

—Soy un tío. Tenía que hacer tiempo para mi cita con los hombres de Ambros. Había pasado todo el día contigo a solas, después de siglos sin verte, sudada y en shorts, y estabas durmiendo a unos metros de mí probablemente medio desnuda por el calor que hacía, ¿qué esperabas?

Reí con ganas.

—No, me refiero a mucho antes.

—¿Te refieres a hace seis años? —preguntó.

Asentí, mirándolo algo avergonzada pero intentando interpretar su expresión. Continué:

—Me gustaba imaginar que te sorprendía mientras te dabas una ducha, por ejemplo.

—Por Dios … ¿Y si te digo que yo también? ¿Y si te digo que sigo sin creerme nada de esto?

Lo besé lentamente. Disfrutando del tacto de sus labios, del sonido de nuestras bocas al hacerlo y de sus caricias bajo la sábana.

Rocé su oreja maltrecha y el cuello mientras me acariciaba el cabello. Me deslicé bajo las sábanas mimándolo a cada centímetro.

—Apuesto a que esto entraba dentro de tus fantasías —dije.

—Mmmm pensaba en ello bastante, sí… entre otras cosas —dijo dejándome hacer.

Se arqueó un poco al notar que me acercaba cada vez más a donde sabía que pretendía llegar.

Y llegué.

—Oh, Iris —murmuró acariciándome el cabello, sintiendo la humedad que había acumulado en mi boca para él—. Déjame mirarte mientras lo haces…

Me disponía a retirar la sábana con su ayuda cuando alguien aporreó la puerta. Me incorporé sobre sus muslos, completamente despeinada, arrastrando conmigo la sábana.

—Papá —Escuchamos al otro lado—. No ha pasado nada pero quiero hablar contigo.

Me quedé paralizada.

Liam encendió la lampara de gas de su mesita y yo me limpié la boca con el dorso de la mano.

—No lo dejes entrar —le pedí en voz baja apartándome de él para que se levantase y me metí con rapidez bajo la sábana.

Liam se miró la entrepierna, y después a mí.

—Me lo va a notar. —La señaló con preocupación y yo me tapé la boca para ahogar una carcajada por la absurda situación.

Él aguantó la suya como pudo.

—Está bien. Vamos allá —dijo con expresión divertida pese a todo, no sé si a mí o a él mismo.

Recogió del suelo el pantalón de la fiesta y se lo puso con rapidez antes de abrir.

—Álex, ¿estás bien?

—No puedo dormir —Lo escuché muy nervioso—. Tengo que hablar contigo de algo importante, ¿puedo?

Le había pedido mil veces que hablase con Liam pero no esperaba que lo hiciese en un momento tan inoportuno. Se me ocurrió meterme en el cuarto de baño, por si acaso, pero oí un manotazo en la puerta y cuando quise darme cuenta estaba ya dentro.

Mirándome con los ojos desorbitados.

—¡Pero qué…! —gritó antes de que Liam cerrase.

—Podemos explicártelo —pronunció muy tranquilo.

—Queríamos decírtelo poco a poco —le expliqué.

Se sentó a los pies de la cama y se revolvió el cabello.

—¿Desde cuándo estáis enrollados? —Liam y yo nos miramos preguntándonos desde cuando empezábamos a contar—. Cuándo os salvamos de aquellos tipos ya estabais juntos, ¿verdad?

—Bueno pues… en realidad… —dijo Liam.

—Mira, lo que hagáis me da igual ahora mismo. Yo quería hablar contigo de hombre a hombre.

Liam me dedicó una mirada feliz y enseguida volvió a él.

—Está bien.

Busqué a mi alrededor el vestido, olvidando hasta que lo vi, que estaba en el suelo junto a la puerta. Lo señalé en silencio y Liam lo recogió y me lo lanzó. Después tomó asiento a los pies de la cama junto a su hijo, ambos de espaldas a mí y aproveché para vestirme.

—Será mejor que os deje solos. Nos vemos mañana en el desayuno.

—Por favor, sé…

—Seré puntual —completé la frase de Álex mientras recogía mis zapatos de tacón—. Hasta mañana.

Los dejé allí. Álex no salió en toda la noche.

Al amanecer del día siguiente, las catorce personas que formábamos parte del grupo nos pusimos en camino hacia un mundo peligroso pero sintiendo un futuro lleno de esperanza. Habían construido un asentamiento especializado junto a la playa, en un túnel de roca cerca de la nave siniestrada y era allí hacia donde nos dirigíamos con varios automóviles, motocicletas y caravanas.

Durante los primeros días de viaje temí que Héctor reapareciera buscando algún tipo de venganza o encontrarlo sin vida. No podía olvidar su comportamiento agresivo pero nunca más volví a verlo después de aquella noche.

En cuanto a nosotros, entre Liam y Álex el lazo inquebrantable continuó su curso natural. Liam y yo somos felices. Viajamos con el grupo durante muchos años hasta que nos instalamos definitivamente en uno de los asentamientos fijados por Sabrina para contribuir.

El planeta y la humanidad entera renace imparable, reinventándose como ha hecho siempre.

¿Regresarán? Es posible.

Pero nos mantendremos unidos y estaremos preparados.

FIN

ÍNDICE

☐

Printed in Great Britain
by Amazon